S. M. Gruber, Liv Modes,
Jen Pauli, Katharina Stein (Hrsg.)

Großstadtgefühle

Nächster Halt: Friedrichstraße

AF205227

S. M. Gruber, Liv Modes,

Jen Pauli, Katharina Stein (Hrsg.)

Großstadtgefühle

Nächster Halt: Friedrichstraße

ANTHOLOGIE

Bibliografische Information der Deutschen Nationalbibliothek: Die Deutsche Nationalbibliothek verzeichnet diese Publikation in der Deutschen Nationalbibliografie; detaillierte bibliografische Daten sind im Internet über http://dnb.dnb.de abrufbar.

© 2019 S. M. Gruber, Liv Modes,
Jen Pauli, Katharina Stein (Hrsg.)

Lektorat: Sophie-Marie Gruber, Katharina Stein

Korrektorat: Sophie Möller, M. D. Grand

Cover: Colors of Cronos

Buchsatz: Karl-Heinz Zimmer
gesetzt aus der EB Garamond
erstellt mit *SPBuchsatz*

Herstellung und Verlag: BoD – Books on Demand, Norderstedt

ISBN: 978-3-7494-6591-0

Für alle, die träumen und hoffen, hinfallen und wieder
aufstehen, kurz – für alle, die fühlen

Inhaltsverzeichnis

Vorwort

Berlin ist eine besondere, eine einzigartige Stadt. Keine andere Stadt ist so offenherzig und so unfreundlich zugleich.

Wenn Du, liebe Leserin, lieber Leser, jemals längere Zeit in Berlin gewesen bist, vielleicht sogar hier gelebt hast oder immer noch hier lebst, wirst Du jetzt vielleicht heftig nicken. Du wirst an all die Male denken, an denen Du spontan Freundschaft geschlossen hast mit einem Menschen, den Du in einer Bar, auf einem Konzert, in der U-Bahn kennengelernt hast. Oder in der Schlange vor einem Club. Und dann wirst Du vielleicht an die eine Winternacht denken, in der Du Dich so allein gefühlt hast wie noch nie zuvor in Deinem Leben. An den Tag, an dem alles so weit weg schien, unerreichbar, obwohl Du doch mittendrin saßest. Du wirst Dich daran erinnern, wie Du Dich nicht getraut hast, diese eine Person anzusprechen, mit der alles anders hätte sein können. Du wirst Dich daran erinnern, wie Du eine genau solche Person an das Rauschen der Stadt verloren hast. Du wirst Dich daran erinnern, wie Du Dich im Pulsieren derselben wiedergefunden hast, zwischen all den Möglichkeiten, zwischen all dem Leben.

Und wie oft hast Du Dich hier verliebt? Und wie oft musstest Du Dich verabschieden – von einem Menschen, einer Idee, einem alten Ich?

Für diese Anthologie haben wir genau solche Geschichten gesammelt. Geschichten über die großen Gefühle in der Stadt, die Großstadtgefühle. Achtzehn Geschichten, genau richtig für längere und kürzere U-Bahnfahrten. Alle Autorinnen sind aus Berlin, sie leben hier. Viele von uns sind hier aufgewachsen, einige mussten ihre Wurzeln erst in den Berliner Beton schlagen, alle haben wir ein Zuhause gefunden hier, in unserer Stadt, die auch Deine Stadt ist. Oder zumindest sein kann. Egal, wer oder wo Du gerade bist. Zwischen diesen Zeilen findest Du nicht nur unser Berlin, Du findest auch Deines.

Deine
Sophie-Marie, Jen, Liv und Katharina

P.S.: Alle Gewinne aus dieser Anthologie werden an den gemeinnützigen Verein *Mehrwertvoll e. V.* gespendet, der sich für ein kulturell vielfältiges Berlin einsetzt.

Daniel Klaus

Der Atlantik dazwischen

Ich habe einen Siegelring geerbt, der mir selbst am Daumen noch zu groß ist. In den nächsten Tagen werde ich zu einem Juwelier gehen und ihn enger machen lassen. Ich habe auch eine Krawattennadel sowie Manschettenknöpfe geerbt. Ich weiß nicht, ob ich so etwas jemals tragen werde. Sie sind in einer kleinen Schachtel, die ich in meine Schreibtischschublade getan habe. Außerdem ist da noch eine Bibel, die kleinste Bibel der Welt. So steht es in ihrem Testament. Sie ist wirklich klein. Man braucht eine Lupe, um darin lesen zu können.

Heute wurde das Blumenfenster eingesetzt. Es sieht sehr schön aus. Besonders am Abend, wenn die Sonne darauf fällt und sich das Licht im Glas bricht. Ich habe bestimmt eine halbe Stunde davor gestanden und es betrachtet und daran gedacht, daß es Dir auch gefallen wird. Es hat eine große Fensterbank, und es ist jede Menge Platz für Deine Blumen da. Sie werden dort immer genug Licht haben.

Als ich mit Tante Anka am zweiten Weihnachtsfeiertag zusammen Chinesisch essen war, wusste ich nicht, dass es das letzte Mal sein würde, dass wir uns sehen. Ich hatte eine Pekingente, sie war sehr knusprig, und wir haben uns über die Knusprigkeit von Pekingenten unterhalten. Vielleicht hätten wir über etwas anderes gesprochen, wenn wir gewusst hätten, dass es das letzte Mal ist, dass wir uns sehen. Vielleicht hätten wir aber auch gar nichts gesagt, weil es nicht auszuhalten gewesen wäre. Was soll man in einem solchen Moment auch sagen? Wahrscheinlich war es besser so. Ich hätte bestimmt auf die Toilette gehen müssen und dort geheult.

Tante Anka ist jetzt schon über drei Wochen tot. Sie war die Schwester meiner Oma. Sie hat selbst keine Enkel gehabt, aber es gab ja mich, und wir hatten viel Spaß zusammen. Der Siegelring, die Manschettenknöpfe und die Krawattennadel sind von ihr. Davor haben sie ihrem Mann gehört, den ich nie kennengelernt habe, weil er gestorben ist, bevor ich auf die Welt kam. Sein Name war Jakob. Er ist nicht mal vierzig geworden. Im Wohnzimmer hatte sie Bilder von ihm an der Wand hängen, direkt neben dem Fernseher. Er sah auf ihnen alt aus, viel älter als Anfang dreißig, aber vielleicht lag das auch an den Schwarzweißaufnahmen und der ernsten Art, mit der man sich Ende der Fünfziger fotografieren ließ.

Daß ich gestern verschlafen habe, hast Du ja mitbekommen. Wegen dem Wecker brauchst Du nichts zu unternehmen, den werde ich selber wieder in Ordnung bringen. Aber wenn Du willst, kannst Du einen neuen Wecker aus der Kaufhalle holen, einfach zur Sicherheit. Und wundere Dich nicht. Ich habe ein kleines Körbchen Birnen nach Hochheim mitgenommen. Einige mußte ich schon essen, denn die Fahrt auf dem Fahrrad ist ihnen nicht so gut bekommen. Sie waren saftig und herrlich süß, und ich habe natürlich zu viele gegessen. Ich habe eben versucht meinen Bauch einzuziehen, aber er ist so voll, daß sich nichts bewegt.

Und dann sind da noch die Briefe.

Man könnte sagen, dass ich die Briefe geerbt habe. Man könnte aber auch sagen, dass ich sie mir einfach genommen habe. Fakt ist jedenfalls, dass man sie weggeworfen hätte, weil sie sonst niemand haben wollte. Die Briefe sind von Jakob. Einige Umschläge sind an den Ecken bereits vergilbt. Es sind dreißig oder vierzig Stück, ich habe sie nicht gezählt, aber es ist ein recht dicker Stapel. Sie sind so alt, dass die Adresse noch in einer anderen Reihenfolge aufgeschrieben wurde, und Postleitzahlen gab es damals auch nicht. Das Porto betrug nur zwanzig Pfennige, und auf den Briefmarken ist ein Gesicht, das ich nicht kannte. Ludwig Erhard, sagte meine Mutter.

Ich weiß nicht, ob ich diese Briefe überhaupt lesen darf. Sie sind niemals für mich bestimmt gewesen.

Da ich die ganze Woche nicht nach Wiesbaden kommen kann, will ich Dir zumindest ein paar Zeilen schreiben.

Ich war heute in der Tapeziergenossenschaft und habe mich nach den Preisen erkundigt. Ein Sprungrollo für unser Blumenfenster kostet ungefähr fünfzig Mark. Anschließend bin ich bei Helmholtz gewesen, um nach der Antennenleitung zu fragen. Mit der Antenne ist es aber ganz anders, als ich es mir vorgestellt habe. Ich verstehe nicht, warum solche Dinge so kompliziert sein müssen.

Hast Du Dir denn nun die Strickjacke gekauft, die Du in der Auslage bei Meixler gesehen hast? Du hast ja so begeistert von ihr gesprochen.

Gerade hat sich eine Meise auf die Fensterbank gesetzt. Ich habe von meinem Blatt aufgeschaut, und jetzt sitzt sie vor mir. Da hat sie sich ein schönes Plätzchen ausgesucht. Wenn sie öfter kommt, wirst Du sie auch kennenlernen. Ich werde euch beide dann miteinander bekannt machen.

Die Briefe waren in einem blauen Stoffbeutel, der im Kleiderschrank neben den Bettbezügen und Tante Ankas Nachthemden lag. Nun liegt er auf meinem Schreibtisch. Eigentlich wollte ich mich an den Computer setzen, um an der Homepage für Karen weiterzuarbeiten. Sie hat nächste Woche Geburtstag, und es soll eine Überraschung werden. Hoffentlich freut sie sich darüber, denn in letzter Zeit ist sie am Telefon ein bisschen komisch gewesen.

Entschuldige meine Schrift, ich weiß, daß sie ein wenig krakelig ist, aber ich habe keine Schreibunterlage gefunden und muß deshalb im Stehen schreiben.

Ich bin endlich beim Frisör gewesen und habe mir die Haare schneiden lassen. Du hattest ja angemahnt, daß ich völlig zuwachse und von meinem Gesicht bald nichts mehr zu sehen ist. Es ist ein ungewohntes, aber auch frisches Gefühl auf dem Kopf, und Du kannst gespannt sein, wie ich aussehe, wenn wir uns am Freitag Abend treffen.

Die Arbeiten am Haus gehen langsam voran. Vielleicht bin ich nur zu ungeduldig, aber ich denke immer, daß ich mehr schaffe, als es dann tatsächlich ist. Es ist noch viel zu tun, und manchmal habe ich das Gefühl, daß der Aus- und Umbau komplizierter ist, als wenn man das Haus abreißen und von Grund auf neu bauen würde. Mit der Wand, mit der wir unser Bad abteilen wollen, habe ich mir etwas Neues ausgedacht. Ich werde es Dir genau erklären, wenn Du hier bist. Eben fällt mir ein, daß ich das Loch im Küchenfußboden noch zuspachteln muß, damit ich morgen endlich mit dem Fliesenlegen beginnen kann.

Bitte sieh mir nach, wenn die Dinge nicht so der Reihe nach aufgezählt sind. Das kommt daher, weil mir nicht alles sofort einfällt. Außerdem bin ich müde, und wenn ich von meinem Blatt aufschaue, verliere ich schnell den Faden.

Was macht man mit Briefen, die einem nicht gehören? Briefe, deren Absender und Adressatin tot sind. Darf man sie lesen, auch wenn die Menschen, die man um Erlaubnis fragen müsste, jetzt nicht mehr leben?

Dabei fällt mir ein, dass ich mal ein Buch mit Van Goghs Briefen an seinen Bruder gelesen habe. Ich glaube, jeder, der sich ein wenig näher mit Van Gogh beschäftigt, kennt diese Briefe. Trotzdem waren sie nur für seinen Bruder gedacht. Ob sich das Briefgeheimnis nach dem Tod aufhebt? Ob Van Gogh gewollt hätte, dass die Briefe veröffentlicht werden? Ich war jedenfalls froh, dass ich die Möglichkeit gehabt hatte, sie zu lesen.

Karen ist für sechs Monate in Chicago. Sie macht dort ein Praktikum im Goethe-Institut. Ich war davon nicht gerade begeistert, aber sie hat gesagt, dass sie eine solche Chance nie wieder bekommen würde. In den ersten Wochen haben wir jeden Tag miteinander telefoniert. Ich habe sie mittags angerufen, um sie in Amerika pünktlich zum Frühstück zu wecken, und sie hat mich meist nach der Arbeit angerufen, bevor ich ins Bett gegangen bin.

Für die Homepage habe ich von den Plätzen und Orten, die sie hier am liebsten mag, Fotos gemacht. Ihr altes Kinderzimmer im Haus ihrer Eltern ist dabei, das Café hinter der Uni und auch ein Bild vom See, wo wir uns kennengelernt haben. Außerdem bin ich mit dem Diktiergerät herumgelaufen und habe Geräusche aufgenommen: ihren Weg zur Uni. Den Gemüsehändler an der Ecke, der mir einen Gruß auf das Band gesprochen hat. Das Öffnen und Schließen der S-Bahn-Türen, das *Zurückbleiben, bitte* des Schaffners und die Ansagen vom Band: *Nächster Halt Friedrichstraße, Ausstieg rechts.* Den Verkehrslärm auf der Frankfurter Allee und das Kindergeschrei auf dem Spielplatz im Park.

Ich stelle mir das so schön vor. Wir telefonieren an ihrem Geburtstag, und ich sage:

»Dein Geschenk findest du unter www.karen-winkelmann.de.«

Mir gefällt es ebenso wenig wie Dir, daß wir uns nur am Wochenende sehen. Ich würde Dich jetzt auch viel lieber im Arm halten. Wir müssen einfach daran denken, wie schön es sein wird, wenn alles fertig ist! Am Samstag bekommst Du eine exklusive Schlossführung. Das hier ist die schriftliche Einladung. Du wirst Dich umschauen, denn es hat sich viel getan.

Ich will versuchen diesen Brief gleich einzuwerfen, damit Du ihn so schnell wie möglich erhältst. Allerdings habe ich keine Briefmarke, aber ich hoffe, daß ich noch irgendwo eine auftreiben kann.

Jakobs Handschrift ist gut zu lesen. Teilweise sieht sie aus wie gemalt, weil er jeden Buchstaben akkurat ausschreibt. Nur am Ende der Briefe wird es manchmal schwierig, weil er einen Bleistift benutzt und ihn zwischendurch nicht spitzt. Die Mine wird runder, und auch die Buchstaben werden runder und breiter und beginnen sich auf abenteuerliche Weise ineinander zu verschlingen. Karen hat auch eine sehr runde Schrift, und sie hat die schlechte Angewohnheit, über ihre I-Punkte große Kringel zu malen.

Ich war heute schon vor dem Wecker wach, weil der Hahn von Rothenbergers solchen Lärm gemacht hat. Morgens ist es bereits recht kühl, und wenn ich Frühschicht habe, kann ich bald Handschuhe auf dem Fahrrad vertragen. Gerade auf dem Stück zwischen Hochheim und Kostheim, wo es bergab geht, wird es mir an den Händen sehr kalt. Eine warme Mütze habe ich sowieso schon auf. Der Winter kommt nun in großen Schritten auf uns zu, und deshalb bin ich froh, daß endlich unsere Kohlen geliefert wurden: zwanzig Zentner Briketts und zwanzig Zentner Eierkohle. Das dürfte ausreichen, auch wenn wir wegen der feuchten Wände viel heizen müssen. Vergiß bitte nicht, diese Woche in das Kurzwarengeschäft in der Rheinstraße zu gehen und Dich nach dem Preis für den Gardinenstoff zu erkundigen. Vielleicht ist er dort günstiger als bei Leininger in der Kirchgasse.

Die beiden waren damals ungefähr in meinem Alter. Jakob war ein paar Jahre älter, und Tante Anka war genauso alt wie ich jetzt, ich habe es nachgerechnet: sechsundzwanzig. Es ist merkwürdig in ein Jahr hineinzublicken, in dem ich noch gar nicht geboren war, und es dabei mit Gleichaltrigen zu tun zu haben, obwohl ich genau weiß, dass die beiden über vierzig Jahre älter sind als ich. Es ist, als habe ich eine Zeitmaschine betreten: Mein Alter hat sich nicht geändert, aber Tante Anka ist wieder jung und Jakob lebt auch.

Es fällt mir wirklich schwer, mir Tante Anka als junges Mädchen vorzustellen. Wie sie wohl damals war? Ob wir uns als Gleichaltrige überhaupt verstanden hätten? Irgendwie habe ich das Gefühl, dass Jakob und ich zwei verschiedene Personen gekannt haben. Ich habe Tante Anka ja erst fünfzehn Jahre nach ihm kennengelernt, und in meiner Erinnerung ist sie eine gemütliche, runde Frau mit kräftigen Armen. Das Mädchen, mit dem er verheiratet war, kenne ich nur von Fotos.

Das Telefon klingelt. Das muss sie sein. Endlich.

Ich schaffe es, nach dem zweiten Klingeln abzuheben.

»Karen?«, frage ich ins Telefon hinein.

»Ja«, antwortet sie.

Ich warte, dass sie noch etwas sagt, aber es kommt nichts. In der Leitung hört man lediglich das Rauschen des Atlantiks, der zwischen uns liegt.

»Was ist«, sage ich, »du rufst an und ... und dann sagst du nichts. Stimmt irgendwas nicht?«

»Hier ist 'ne Menge los, weißt du ... gar nicht so einfach.«

Wieder Schweigen.

»Karen?«

Da ich etwas erschöpft bin, will ich es so machen, wie es in der Zeitung heißt: »Wichtiges in Kürze.«

Ich habe die Decken gestrichen, und die Farbe hat einen sehr durchdringenden Geruch. Ich werde die Fenster über Nacht gekippt lassen und hoffe, daß man morgen wieder besser atmen kann. Ich bin froh, daß ich kein Maler geworden bin, denn auf Dauer können diese Dämpfe nicht gesund sein. Mir ist von dem Geruch immer noch ein wenig übel. Der Farbton heißt übrigens Eierschale und ist ein warmes Weiß, wenn es so etwas gibt.

Karen hat noch irgendwas Ausweichendes gesagt, aber auf meine Fragen hat sie nicht geantwortet, und dann haben wir das Telefonat relativ schnell beendet. Dabei hatte ich mich so auf ihre Stimme gefreut. Ich konnte sie nicht einmal fragen, ob sie meine Mail bekommen hat.

Wir haben Mittwoch, den 27. November 1957. Es ist gleich halb zehn, und ich bin mit der Arbeit fertig. Im Radio läuft die Wunschmusiksendung, die Du auch so gerne hörst. Gerade haben sie einen langsamen Walzer gespielt, und das macht mir Lust, Dich mal wieder zum Tanzen auszuführen. Draußen regnet es, aber das stört mich nicht. Ich habe gute Laune, die lasse ich mir von dem Wetter nicht verderben. Ich werde gleich meine Käsebrote essen und in allen Zimmern Licht anmachen. Ich habe extra 120 Watt Birnen in die Fassungen geschraubt, damit es richtig hell wird.

Eben hat mein Handy gepiepst. Ich habe eine SMS bekommen, sie ist von Karen. *Tut mir leid. Am Telefon ist das so schwierig. Habe dir einen Brief geschrieben. Schicke ihn heute noch ab. K.*
Warum hat sie mir einen Brief geschrieben? Sie hätte mir doch auch eine Mail schreiben können. Warum einen Brief? Und wie lange braucht ein Brief von Amerika nach Deutschland? Das sind doch mehrere Tage. Soll das heißen: Ruf mich in der Zwischenzeit bitte nicht an?
Ich will gar nicht wissen, was in dem Brief steht.

Nun wird es nicht mehr lange dauern, bis wir umziehen können. In dem kleinen Zimmer, von dem Deine Mutter sagt, daß es ein gutes Kinderzimmer wäre, habe ich heute den Teppichboden verlegt. Es würde sich wirklich gut als Kinderzimmer eignen. Ich habe darüber nachgedacht, als ich den Teppich zugeschnitten habe.
Meine liebe Anka, ich will nun schließen und Dir eine gute Nacht wünschen. Ich werde dem Brief morgen noch ein paar Zeilen hinzufügen, bevor ich ihn bei der Post aufgebe.
Es küßt und umarmt Dich herzlichst,
Dein Jakob

Liv Modes

Mädchen in gelben Kleidern

Es hätte gewittern sollen.

Sie starrte in den vorbeiziehenden Sonnenschein und war wütend, weil es nicht gewitterte. In ihrem Kopf formten sich dicke Tropfen, die aus fetten Wolken quollen und gegen die Fensterscheiben klatschten, wie die schlaffen Hoden alter Männer. Um ihre gelben Schuhe formten sich Pfützen. Schlamm drang in den Stoff, bis er braun und unansehnlich war.

Es hatte ihm immer gefallen, wenn sie helle Farben trug. Das gelbe Kleid hatte sie nur seinetwegen gekauft. Im gleichen Farbton wie die Schuhe. Wie lange sie gebraucht hatte, um das beschissene Kleid in genau demselben beschissenen Ton zu finden.

Aber damals war es ihr das wert gewesen.

Damals war es okay gewesen, wenn die Sonne geschienen hatte.

Damals war erst ein paar Tage her.

Jetzt würde sie am liebsten kotzen. All die Wut auf ihn rauskotzen, auf ihn und seine dummen Erwartungen, mit denen er sie hatte zurechtschneiden wollen, bis sie blutig und kaputt in seine Hemdstasche gepasst hatte. Sie hätte gern auch die ganzen blöden Erdnüsse rausgekotzt, die sie zusammen mit ihrem Frust in sich hineingestopft hatte. Hätte ihr Zorn eine Erdnussallergie gehabt, wäre er erbärmlich daran verreckt.

Sie stellte ihn sich vor. Röchelnd am Boden. Blau angelaufen. Mit schwammigen Lippen und hervorquellenden Augen. Eine gute Vorstellung.

Zu gut.

Sie vertrieb sie.

Sie war ein Mädchen in einem gelben Kleid. Mädchen in gelben Kleidern hatten solche Gedanken nicht.

Auch deswegen hatte es ihm so gefallen.

Der Stoff kratzte auf ihrer Haut und versuchte, sie zwischen den Fasern aufzureiben, während er sie höhnisch auslachte. Wem wollte sie hier etwas beweisen? Ihm oder sich selbst? Und wer hatte gewonnen, jetzt, da sie das Kleid trug, obwohl er längst weg war?

Die Bahn hielt und sie stieg aus. Auf dem Schild, das die möglichen Fahrtrichtungen ab Friedrichstraße anzeigte, klebte ein Sticker.

Eine Sonne mit einem lachenden Kindergesicht.

Sie riss ihn ab und zerknüllte ihn in der geballten Faust. Kurz zögerte sie und für einen Moment schien es, als könnte etwas anders werden. Aber dann ging sie doch rüber auf die andere Straßenseite und warf das Knäuel vorschriftsmäßig in den Papierkorb.

Denn sie war ein Mädchen in einem gelben Kleid.

Nicolas Stille

Lush Life

Bleiben ein Startup-Unternehmerpärchen, eine Performancekünstlerin, ein Arbeitsloser, eine Ärztin und ein Hausmeister im Fahrstuhl stecken. Klingt wie ausgedacht, ist aber wirklich so passiert. Ist keine fünf Minuten her, da hat es gerattert, geknallt, ein bisschen gewackelt und zack, der Fahrstuhl blieb stehen. Niels, der Hausmeister, breitschultrig, bezopft, ein Traum von einem Mann, ruft die Notruf-Hotline an und schildert die Situation.

»Keine Panik«, beruhigt er die Mietshausbewohner, während er die Hand auf die Hörmuschel legt, »ist bestimmt Kurzschluss. Sowas ist immer Kurzschluss.«

Trixi denkt: Das ist mal wieder so eine typische Männeraktion. Erstmal die Lage checken, das Kommando übernehmen, müssen sich die Weibchen keine Sorgen machen, Papa regelt das. Da ist sie auf dem Weg zu dieser Podiumsdiskussion, *Mehr Feminismus wagen!*, und nun bleibt dieser beschissene Fahrstuhl stecken! Auch klar, dass gleich wieder einer zu glotzen anfängt, da springt direkt das innere Pornokino an: im Fahrstuhl gefangen, drei Weiber, drei Männer, hopp auf die Knie und Schwänze raus.

»Spielst du nicht in so 'ner Band?«, fragt Max. »Ich glaub', ich hab euch mal im *Schlot* gesehen. Fand ich total abgefahren, diese Oben-ohne-Nummer.«

»Muss 'ne Verwechslung sein.«

»Mhm. Jedenfalls echt abgefahrene Aktion. Die haben dieses Machodings der Rockmusik konsequent umgekehrt: Die Frauen spielen mit nacktem Oberkörper und die Männer kreischen und himmeln sie an. Total abgefahren.«

Für einen kurzen Augenblick stellt sich Werner vor, wie diese Frau mit den kurzen Haaren wohl oben ohne aussehen mag. Dabei findet er solche Kampflesben zum Kotzen. Werner findet eigentlich fast alles zum Kotzen. Westberliner. Westdeutsche im Allgemeinen. Gutmenschen. Ausländer. Schwule. Penner. Druffis. Hat es alles nicht gegeben, früher, in der DDR. Und dann dieser Kiosk im Bahnhof Friedrichstraße, wo ihn das Jobcenter hingeschickt hat. Da wird er jetzt zu spät kommen, und dann wird es heißen: *Herr Brokow, so können wir Ihnen auch nicht helfen.* Was für ein einziges Elend.

»Keen Wunder, dass dit Teil stehenbleibt«, sagt er unvermittelt. »Hier wird ja seit Ewigkeiten nüscht mehr jemacht. Fast wie inne DDR damals. Aber da hatten wa wenigstens keene Ausländer, saa' ick mal.«

»Was ist das denn für 'ne bescheuerte Aussage?«, fragt Anne-Sophie, die Freundin von Max. Wie sie keinen Bock mehr hat auf diese negativen Vibes! Fünf Jahre Berlin sind wie fünfzig Jahre Bad Ditzenbach. Mindestens. Aber geht ja bald raus nach Brandenburg, soziales Wohnprojekt, Mehrgenerationenhaus, alles schon unterschrieben, in einem Monat geht's los. Wenn der kleine Karl auf die Welt kommt, ist Berlin schon eineinhalb Autostunden entfernt. Dieser ganze Hass, die negativen Energien, die leeren Bierflaschen auf der Straße.

Werner schwafelt irgendwas von Merkelflüchtlingen und arbeitsscheuen Asylanten. Anne-Sophie will was sagen, aber das ist jetzt auch schon wieder egal. Jeder weiß, was der andere sagen wird, rhetorisches Schattenboxen, der ganze Diskurs eine einzige Wrestling-Show. Lieber schnaubt sie ihren Spott durch die Nase und schweigt vielsagend.

»Aber dass hier nichts gemacht wird, stimmt schon«, sagt Max in das betretene Schweigen hinein. »Überall in der Straße wird saniert, nur bei uns nicht.«

»Und die Miete erhöhen se trotzdem jedes Jahr«, ereifert sich Werner. »Und die Penner schlafen unten im Keller und werfen die Mülleimer um. Ha' ick ooch schon tausendmal der Hausverwaltung gesagt, dass die da Schlösser ranmachen müssen. Aber fühlt sich ja keener angesprochen!«

Sabine schaut in den Spiegel gegenüber, das grelle Licht des Fahrstuhls verwandelt ihre brombeerfarbenen Lippen in einen Clownsmund.

»Licht im Treppenhaus ist ooch andauernd kaputt. Weil die Glühbirnen wieder billiger sind als neue Lampen.«

Sabine ist eine nüchterne, rationale Frau. Die einzige Extravaganz, die sie sich leistet, ist dieser brombeerfarbene Lippenstift – aber auf einmal ist sie sich nicht mehr sicher, ob sie mit dem Lippenstift nicht aussieht wie eine frühpensionierte Waldorflehrerin, die selbstgebastelte Strohengel auf Weihnachtsmärkten verkauft.

»Und der Fahrstuhl stammt ooch noch aus DDR-Zeiten.«

Ob sie zu alt ist für diese subtile Andeutung von Sinnlichkeit? Aber was bleibt dann noch, wenn man den Lippenstift weglässt? Eine alleinstehende Ärztin, die man immer anrufen kann, wenn jemand aus der Bereitschaft ausfällt. Eine dreiundfünfzigjährige Frau, die brombeerfarbenen Lippenstift auftragen muss, um nicht völlig unsichtbar zu sein.

»Ich wohne schon seit den Neunzigern hier«, hört sie sich selber sprechen. »Hab noch 'n Mietvertrag von damals.«

Darauf weiß keiner was zu sagen, selbst Werner ist für einen Moment sprachlos, ist ja immer so, wenn einer was sagt, der die ganze Zeit geschwiegen hat. Aber dann wird das Schweigen länger und länger, und auch Max ist es langsam leid, schon wieder das Gespräch ankurbeln zu müssen, aber gar nicht reden, das geht auch nicht, denkt Max, und er fragt sich, ob er der einzige ist, dem die Situation

Angst macht. Fahrstühle stürzen nicht ab, sagt man – aber eingesperrt sein, das reicht schon vollkommen, da braucht es gar keinen Absturz mehr, um panisch zu werden. Er muss außerdem tierisch aufs Klo, schlecht ist ihm auch ein bisschen, eigentlich ist er der Schwangerere von den beiden, denkt er, wenn es das Wort überhaupt gibt, und dass Anne-Sophie gleich wieder so zickig geworden ist wegen dem Hirni von unten, er wird das später ansprechen müssen, denkt Max. Moderne Beziehungspolitik heißt absolute Offenheit, heißt hundertprozentiges Vertrauen, auch wenn man wie Max eher der konfliktscheue Mensch ist, und vielleicht hängt das ja alles miteinander zusammen, denkt Max, die Entfremdung der Menschen und die Großstadtanonymität und alles, also fragt er in die Runde: »Was macht ihr denn so?«

»Derzeit arbeitslos«, sagt Werner.

»Gelernter Gas- und Wasserinstallateur«, sagt Niels.

»HNO-Ärztin«, sagt Sabine.

»Ich mach so Kunstsachen«, sagt Trixi. »Performances, Ausstellungen. Hin und wieder auch bisschen Musik.«

»Wir haben eine App entwickelt«, sagt Anne-Sophie, »mit der Betreiber von Bioläden das, was an Obst und Gemüse übriggeblieben ist, an Obdachlose und Bedürftige verteilen können«, und ergänzt mit funkelndem Blick zu Werner: »Damit die nicht mehr im Müll herumwühlen müssen.«

»Kälteanlagenbauer hieß bei uns halt Mechaniker für Kälte- und Klimaanlagenbau«, sagt Werner ungerührt.

»Jo«, sagt Niels. »Is aber nich das Gleiche.«

Und während Niels die Unterschiede zwischen dem Kälteanlagenbauer und dem Mechaniker für Kälte- und Klimaanlagenbau zu erläutern beginnt, zieht Trixi die Augenbraue hoch. Das ist wieder typisch Männer, bilden gleich einen Clan, müssen gleich wieder erklären, fachsimpeln, klugscheißen, auch wenn es kein Schwein (respektive keine Sau) interessiert, aber sowas spüren Männer ja gar nicht, die haben keinen Sensor für Resonanz, sind immer nur auf

Senden programmiert. Dabei ist die Situation eigentlich ganz amüsant, denkt Trixi, als Künstlerin könnte man es nicht besser erfinden, muss man alles aufsaugen, was hier passiert: Der stehen gebliebene Fahrstuhl als Simulation der Postmoderne, in der sie sich als Beobachterin und Teilnehmerin gleichsam innen wie außerhalb befindet. Und dann hat die Angelegenheit natürlich auch einen verruchten Charakter, denkt Trixi, also wegen ... aber daran denkt sie jetzt besser nicht, sonst wird es komisch. Wichtig ist nur, dass sie nicht zu auffällig agiert. Weil sonst, sonst –

»– muss man also sagen, dass es den Kältemechaniker in der Form gar nicht mehr gibt«, schließt Niels.

»Jaja, wie die Zeit vergeht«, haucht Sabine, deren Gedanken sich mehr oder weniger zufällig mit den Ausführungen von Niels getroffen haben. Gerade ist ihr aufgefallen, dass die absurde Lage, in der sie sich befindet, wie eine Metapher auf ihr Leben zutrifft: Man steckt fest, kommt nicht an, wartet auf Erlösung, und der brombeerfarbene Lippenstift ist eigentlich das Notruf-Signal: Gibt es da irgendjemanden, der mich befreien kann? Fast erschrickt sich Sabine über diesen Gedanken, der ja sowohl trostlos wie lächerlich ist, weil wer sollte denn bitteschön da kommen – ein unverheirateter Chefarzt mit grau meliertem Haar und Opernkartenabonnement? Und wie sieht das eigentlich aus? Eine dreiundfünfzigjährige Frau, die vom Märchenprinzen träumt, und gut, dass diese Performance-Feministin nicht Gedanken lesen kann, sonst gäb's jetzt ein Donnerwetter.

»Sind Sie eigentlich einsam?«, fragt Trixi. Sabine schreckt auf. Aber Trixi hatte sich an Werner gewandt. »Ich frag nur, weil das ja durchaus ein Problem ist. Arbeitslose Männer, die aus Einsamkeit zu Xenophobie und Rassismus neigen. Die projizieren quasi ihre eigenen Komplexe auf das imaginäre Objekt *Ausländer*, um sie dort bekämpfen zu können.«

Werner glotzt Trixi fragend an. Und während Anne-Sophie den Faden aufgreift und in ein allgemeines Plädoyer für mehr Liebe und Menschlichkeit überführt, denkt Werner: Und wenn die Kurzhaarige gar keine Lesbe ist? Weil irgendwie hat die sowas Kokettes im Blick, so als ob die ihre Empörung nur spielt, und dann dieses spitzmündige Lächeln! Aber wenn er sich entscheiden müsste: ganz klar Lesbe. Schon allein, weil ihn die Vorstellung erregt: Lesbe, nackte Brüste, das hat was, das regt die Phantasie an, obwohl er auf den Pornoseiten eher auf die Kategorie *Gangbang* steht, aber das ist nochmal eine andere Geschichte.

»Jetzt noch mal wegen der Mülltonnen«, sagt Niels, nachdem Anne-Sophie ihr Plädoyer für mehr Menschlichkeit und gelebte Nächstenliebe abgeschlossen hat. »Eigentlich dürften die gar nicht reinkommen, die Penner meine ich. Weil ja die Haustür immer zugeschlossen is.«

»Die finden immer Mittel und Wege«, brummt Werner.

Anne-Sophie hat sich mittlerweile in einen Zustand des inneren und äußeren Seelenfriedens hineingeredet, sodass sie gar keine Lust mehr hat, sich mit Werner auseinanderzusetzen. Vielmehr denkt sie an Brandenburg, und daran, dass das eigentlich schade ist, dass man sich so spät erst und unter solchen Umständen kennengelernt hat, und sie streicht über ihren dicken Bauch und fragt sich, ob das mit Brandenburg wirklich so eine gute Idee war, und wer weiß, wie das wird, mit Max und dem Kind ...

»Was ist eigentlich mit Ihnen?«, fragt Sabine. »Sie sehen nicht gut aus.«

Max, der blass und zitternd in der Ecke steht, presst hervor: »Mir geht's auch nicht so gut.«

Jetzt fällt auch Anne-Sophie auf, dass Max schon seit längerer Zeit kein Wort mehr von sich gegeben hat: »Was denn los bei dir?«

»Ich glaub ich hab Platzangst.«

»Sagte der Luftballon zum Arzt«, sagt Werner.

Welcher Luftballon?, will Max fragen, aber er kommt nur bis zum Lu-, als in der Sekunde ein saurer Schwall durch seine Speiseröhre schießt und von einem vulgären Würgegeräusch begleitet auf dem Boden aufklatscht. Kurz ist es ganz ruhig, alle gucken betreten zur Seite, nur Max hat noch ein bisschen mit einem Spuckfaden zu kämpfen.

Peinliche Stille. Ein unterdrücktes Prusten von Trixi. Und plötzlich beginnt einer nach dem anderen zu lachen: Anne-Sophie, hoch und fast verschämt, Werner dröhnend, Max, der sich in einen hysterischen Lachanfall hineinsteigert, Niels, der eher der Schmunzler ist, alle geben sich diesem erleichternden Reflex der Entlastung hin, alle bis auf Sabine, der Tränen aus den Augen laufen und an ihrem brombeerfarbenen Lippenstift abperlen.

Es dauert eine Weile, bis das allgemeine Lachen abebbt und nur noch das Schluchzen von Sabine übrigbleibt. Anne-Sophie legt ihre Hand auf Sabines Schulter und sagt mitfühlend: »Ist es wegen dem Fahrstuhl? Mann, die kriegen wir dran, die Arschlöcher! Erst die ständigen Mieterhöhungen, die fehlenden Sanierungen, der Müll im Keller, und jetzt ist auch noch der Fahrstuhl kaputt. Das geht so nicht mehr weiter, die machen einen fertig!«

»Der ist erst letztes Jahr gewartet worden«, schnieft Sabine. »Und die Mieterhöhung orientiert sich am ortsüblichen Mietspiegel.«

Die anderen schauen sie mit großen Augen an.

»Na, ich muss es wissen. Mir gehören die Wohnungen ja.«

»Wat? Dir? Ick mein – Ihnen?«, entfährt es Werner.

»Ja – nein – also offiziell läuft das über meinen Ex-Mann, aber eigentlich ist das mein Nebenverdienst«, und sofort könnte sich Sabine auf die Zunge beißen: Nebenverdienst, das hört sich nun echt mal abgehoben an.

»Also ich find's nicht schlimm«, sagt Max, den die um sich greifende Empörung in Unruhe versetzt. »Wir haben die App ja auch nur entwickelt, um damit Geld zu verdienen. Also die Anne-Sophie hat überlegt: Womit lässt sich am besten Fundraising betreiben? Wo steckt das Geld? Und ich hab dann diese App programmiert. Die Leute stehen halt voll auf diesen Bedürftigkeitskram.«

»Immerhin ehrlich«, sagt Werner.

Anne-Sophie ist hin und her gerissen, einerseits ist sie gerührt von Max' Aufrichtigkeit, andererseits fühlt sie sich bloßgestellt, weil klar: Irgendwie hat das mit dem Geld schon auch eine Rolle gespielt, und nur weil man mit was Geld verdient, heißt es ja nicht, dass man nicht damit Gutes bewirken kann, und dann ist da noch ein anderes Gefühl in ihr, so ein Kribbeln, als ob etwas raus will, das eigentlich nicht raus soll.

»Wenn hier schon alljemeine Beichtstunde ist«, nuschelt Werner, »will ick ma mein Beitrag leisten. Die Mülltonnen, dit war icke.«

»Du bist der, der die Mülltonnen umwirft?«, fragt Trixi. »Wie kommt man denn auf so'n Scheiß?«

»Weeß ick ooch nicht«, sagt Werner kleinlaut. »Hab da manchmal eine Wut in mir, dit is wie'n Hammer im Arsch, und wenn die zu groß wird, also die Wut jetze, wenn ick kurz vorm Durchdrehen bin, dann muss ick halt wat umwerfen.«

»Ist aber kein feiner Zug, das den Obdachlosen anzuhängen«, tadelt Sabine.

»Kann ick mir auch nur in aller Förmlichkeit für entschuldigen«, sagt Werner, und während er wie ein geprügelter Hund dasteht und die Schultern einzieht, denkt Sabine: Eigentlich kann einem dieser Mensch nur leidtun, aber irgendwie hat er auch was an sich, so eine verletzte Männlichkeit, vielleicht bräuchte er einfach nur mal jemanden, der sich um ihn kümmert. Und während Trixi denkt, dass das eigentlich gar nicht mehr besser werden kann, die ganze Situation eine einzige Sozialstudie menschlichen Verhaltens in Extremsituationen, und während Max vor Rührung über die im Fahrstuhl geballte Ehrlichkeit beinahe zu heulen beginnt, da spürt Anne-Sophie, wie dieses Kribbeln in ihr immer stärker wird, wie es regelrecht anschwillt, und auf einmal platzt es aus ihr heraus: »Die Trixi und ich, wir haben was miteinander!«

»Hab's doch gewusst!«, ruft Werner aus.

Trixi, die gar nicht wissen will, was Werner gewusst haben will, zischt: »Sag mal – hast du einen Schaden? Warum müssen Frauen eigentlich immer alles ausplaudern?«

Max schaut zwischen den beiden hin und her, bevor er sich theatralisch auf den vollgekotzten Boden gleiten lässt: »Aber ... aber was ist mit Brandenburg? Was ist mit Karl?«

Niels denkt: Das ist er, der Moment der Katharsis, und er drückt unauffällig einen Kippschalter, woraufhin sich der Fahrstuhl ratternd in Gang setzt und seine Abwärtsbewegung fortsetzt.

Guter alter Notstoppschalter, denkt Niels. Nicht alles war früher besser, aber der Notstoppschalter gehört eindeutig zu den besseren Erfindungen der Vergangenheit, weil er einem die Möglichkeit zur Einflussnahme gibt, wo einen die Technik sonst zur Passivität zwingt, und vielleicht haben deshalb so viele Menschen Angst im Fahrstuhl, weil es den Notstoppschalter nicht mehr gibt, darüber müsste man mal nachdenken.

Unten angekommen, will keiner der Fahrgäste länger bleiben als nötig. Als erste steigt Sabine über den noch immer am Boden kauernden Max, dann Trixi und Werner, zuletzt tritt auch Niels aus dem Fahrstuhl, und kurz kann er sehen, wie sich Anne-Sophie zu Max herunterbeugt und ihm einen Kuss auf den Hinterkopf gibt, bevor die Kabinentür vor ihnen zufällt.

Nun steht Niels allein vorm Fahrstuhl und denkt: Das lief besser als erwartet. Nicht nur, dass man sich endlich mal ein bisschen kennengelernt hat, wo man auf engstem Raum nebeneinanderher wohnt. Viel wichtiger ist, dass er genug Geschichten gesammelt hat, um eine hübsche kleine Erzählung zu verfassen. Niels ist ja nicht nur Hausmeister, er schreibt auch, eigentlich ist er überhaupt nur Hausmeister, weil er vom Schreiben allein nicht leben kann, und das hatte ihn schon immer mal interessiert: Wie reagieren wohl fünf grundverschiedene Menschen, wenn sie in einem Fahrstuhl stecken bleiben?

Bleiben ein Startup-Unternehmerpärchen, eine Performancekünstlerin, ein Arbeitsloser, eine Ärztin und ein Hausmeister im Fahrstuhl stecken.

Kein schlechter Anfang für eine Geschichte, denkt Niels.

Enrico Möglich

Zeitlos

Sekunden, Minuten, Stunden verstrichen. Ich lag da und versuchte zu atmen. Ein und aus, ein und aus. Am Rande der Existenz angelangt, schien mir nicht einmal mehr das zu gelingen. Leere drinnen, Leere draußen, nur getrennt durch eine schlaffe Haut, faltig, rissig, aschfahl.

Um mir selbst zu beweisen, dass ich noch lebendig war, versuchte ich, ein Bein, einen Arm, einen Finger zu heben, aber die Suche nach einem Funken Energie in mir blieb erfolglos. Eine unendliche Schwere presste meinen nackten Körper auf das muffige Laken der Matratze. Jeder Keim eines Gedankens, einer emotionalen Regung, wurde sofort zurück in ein dumpfschwarzes Nichts gezogen.

Wie aus einer anderen, weit entfernt liegenden Wirklichkeit drangen leise die Geräusche der Großstadt durch einen Vorhang permanenten Rauschens. Zuerst ganz zaghaft, dann immer klarer drangen sie ein in meine leblose Welt. Aus dem tosenden Fluss heraus begann sich eine Stimme zu kristallisieren. Laute, zu Worten formuliert, brachen aus dem dumpfen Schleier hervor, packten mich und rissen mich aus den Tiefen des Nichts zurück in das Jetzt.

Sie stand vor mir und ich fragte mich, ob mich das freuen sollte. Während es aus ihr heraussprudelte, blinzelte ich verlegen in den sonnigen Nachmittag, zog vom Wäscheständer frische Klamotten,

tat ein paar wacklige Schritte und nickte mechanisch ihrem Gebets-
kanon Bestätigung zu.

Mein Kampf mit der Schwerkraft hatte mich so ermüdet, dass
ich ihrem Redefluss nur bruchstückhaft folgen konnte, aber sie
schien mir klarmachen zu wollen, dass sie das nicht mehr lange mit-
machen würde. Wie ich sie um diese Alternative beneidete, wie ich
mir wünschte, auch einfach fortgehen zu können, einfach »Nein«
sagen zu können. Beim Gedanken daran hob ich unwillkürlich die
Mundwinkel zu einem verträumten Lächeln, das sie vollends aus
der Fassung brachte. Ihre Worte stockten, die Anspannung wich
aus ihrem Körper und der Damm brach. Glitzernde Tränen kuller-
ten über ihre feuerroten Wangen, verloren am Kinn den Halt und
stürzten in die Tiefe. Das schien mein Zeichen zu sein und ich nahm
sie in den Arm. Den Kopf an meine Schulter gelehnt, ließ sie ihrer
Traurigkeit freien Lauf, während ich aus dem Fenster hinaus in den
blauen Himmel schaute. Was für ein wundervoller Herbsttag über
den Dächern von Berlin. Was für ein Geburtstag.

Ich gab ihr einen flüchtigen Kuss auf die Stirn und sie mir ein
zartes Lächeln. Eins dieser Lächeln für die ich sie liebte. Leider hielt
das Lächeln nur bis zur Küche, denn hier türmte sich das dreckige
Geschirr der letzten Tage. Sie warf mir einen vorwurfsvollen Blick
zu, den ich ihr einfach spiegelte, worüber sie lachen musste. Als sie
sich über den Abwasch hermachen wollte, schob ich sie gegen ihren
Willen sanft aus der Küche, griff meine Jacke und zog sie hinter mir
her die Treppen hinunter auf die Straße.

Ich betrat die Bühne und schlüpfte in meine Rolle. Mit jedem
Schritt, den wir ziellos durch die Straßen liefen, wurde ich sicherer,
fühlte, wie ich dem Fremden immer mehr Leben schenkte und vergaß
sogar zeitweise mein wahres Ich. Ich war Künstler und Publikum
zugleich, aß und sah mich essen, sprach und hörte mich reden, fühlte
und fühlte nichts, denn es war nicht mein Film, es war ihr Film. Meine
Geschichte hatte schon vor langer Zeit ihr Ende gefunden. Jetzt
übernahm ich nur noch mehr oder weniger wichtige Rollen im Leben

anderer Menschen. Aber heute war ich wirklich gut. Ich war wieder der naive, schüchterne Junge, der zum ersten Mal in die weite Welt hineinschnupperte, sich auf einer großen Entdeckungsreise befand und voller Zuversicht und Vertrauen der Zukunft entgegenlief.

Am Ende des Tages kam auch für meinen Auftritt der Schlussakt. In die Rolle eines anderen zu schlüpfen, kostet viel Energie, vor allem, wenn man nicht einmal genug Kraft aufbringen kann, das wiederzugeben, was man wirklich ist. Aber ich hatte sie den ganzen Abend zum Lachen gebracht und das war alles, was zählte. Lange standen wir zum Abschied eng umschlungen und schweigend unter dem sternklaren Nachthimmel, und ich gab ihr einen Kuss. Warum sich das Leben so schwer machen? Warum sich das Lebewohl so schwer machen?

Ich fuhr vom Bahnhof Friedrichstraße drei Stationen mit der S-Bahn und lief die letzten Meter zu Fuß. Die Tür fiel ins Schloss und ich stand allein in meiner Wohnung. Hatte mir der Traum eines vergangenen, eines unbeschwerten Lebens, den ich heute Abend noch einmal hatte träumen dürfen, auf dem Heimweg einen Hauch von Glück und Zufriedenheit in mein Herz geweht, so blies jetzt wieder der eisige Sturm der Einsamkeit. Aber dieses Mal ließ ich die Flutwelle von Trauer und Verzweiflung nicht über mir zusammenbrechen. Oft genug hatte sie mir schon die Lunge zugeschnürt, sodass ich jedes Mal glaubte, ersticken zu müssen. Nein, nicht heute, nicht an meinem Geburtstag.

Ich nahm vom Küchenschrank eine Flasche Tequila, die ich vor Jahren aus Mexiko mitgebracht hatte. Seitdem war sie mir ein stiller Begleiter gewesen, wartend auf einen ganz besonderen Tag, einen Tag wie heute. Nachdem ich meine Musikauswahl getroffen hatte, betrat ich den Balkon, füllte ein Glas und nahm einen kräftigen Schluck. Über mir breitete sich der schwarze Sternenhimmel aus und unten auf der Straße war Ruhe eingekehrt. Gerade so viel Ruhe, wie von einer Stadt, die niemals schlief, zu erwarten war. Die Welt lag so friedlich, so unschuldig vor mir, dass ich sogar eine meinem

Geburtstag entsprechend feierliche Stimmung empfand. Der Tequila wärmte mich im Inneren, aber die Septembernächte waren bereits kühl und so folgte ich Cohens Aufforderung und tanzte bis zum Ende der Zeit.

Die Morgendämmerung vertrieb die dunkle Nacht und die Stadt erwachte zum Leben. Wolken sammelten sich am Horizont und zogen sich rasch über Berlin zusammen. Vereinzelt fielen dicke Tropfen vom grauen Himmel. Erst ganz wenige, dann immer mehr. Einige platschten ins halbvolle Glas und vermischten sich mit der goldgelben Flüssigkeit, bis es wieder voll war.

Natalie Palloks

Viertel nach Sieben

Verdammt! Er warf einen prüfenden Blick auf seine Armbanduhr und beschleunigte seine Schritte, bis ihn etwas völlig unerwartet innehalten ließ. Er blieb stehen, als hätte sich vor ihm eine Glaswand aus dem Nichts aufgetan, die ihn mit einem kräftigen Knall in all seinen Bewegungen stoppte. Schwungvoll drang der heiße Kaffee aus den kleinen Trinklöchern des Plastikdeckels und floss am Rand herunter, direkt über seine Finger. Ein bestialischer Schmerz durchzuckte ihn. Er hatte sich verbrüht. Ziemlich übel sogar. Der Schmerz breitete sich wie ein Lauffeuer über seiner Hand aus. So intensiv, dass er den Getränkehalter aus Einwegpappe von sich stieß.

Er sah dem Schwall nach, der vor seiner Nase durch die Luft flog. Die Flüssigkeit schimmerte in der Sonne.

In die Hocke sinkend, betrachtete er die vier verschütteten Kaffeebecher. Er fluchte lauthals, ohne darauf zu achten, dass er sich mitten im Getümmel befand. Eine ältere Frau mit platinblonden Haaren sah kopfschüttelnd auf ihn herab. Aber bevor er ihr etwas Patziges hinterherrufen konnte, wurde sie von einem Schwarm ungeduldiger Menschen geschluckt, die hastig versuchten, die kurze Ampelphase auszunutzen.

Er klemmte seine Tasche unter einen Arm und versuchte einen Becher anzuheben, dessen Inhalt von dem Deckel gehalten wurde.

Es gelang ihm nicht. Natürlich nicht. Der Deckel löste sich. Panisch versuchte er den Becher von sich zu stoßen, doch er verbrühte sich zwei weitere Finger.

Ein flüchtiger Blick auf seine Uhr. Der Sekundenzeiger raste höhnisch auf die Zwölf zu. Sehnsüchtig streifte sein Blick die Brücke. Bahnhof Friedrichstraße. Die S-Bahn stand. Er sah sich ganz kurz wie im Comic durch die Luft fliegen und im allerletzten Moment durch die Zugtür gleiten. In der Realität musste er hilflos beobachten, wie die Bahn abfuhr.

Erst jetzt bemerkte er, dass ihn jemand abschätzig von oben herab musterte. Sein Blick glitt über die teuren Sneaker an der hellen Jeans hoch, bis zu dem feinen Kinn.

Das war nicht gut. Gar nicht gut.

Er wusste jetzt, was ihn ins Stolpern gebracht hatte.

Die Frau mit den langen schwarzen Haaren war nicht irgendjemand. Er fühlte sich erschlagen von ihrem Anblick. Kein Wunder, dass er vor Schreck alles aus der Hand fallen ließ. Wie konnte ihm so viel Pech widerfahren? Unzählige Menschen wimmelten um diese Uhrzeit an der Friedrichstraße herum, doch er musste ausgerechnet Lena die volle Ladung Kaffee über die Bluse kippen. Er fühlte sich ein bisschen so, als hätte jemand beim Roulette spielen auf eine Zahl gesetzt und verloren.

»Was machst du hier?«, fragte er. Viel zu heiser. So hatte er sich das Wiedersehen nicht vorgestellt. Eigentlich hatte er gehofft, ihr niemals wieder in die Augen sehen zu müssen, doch jetzt hockte er vor ihr auf dem Boden und war ihr gleich noch eine Erklärung schuldig.

Lena sah an sich herunter. Der Kaffee hatte ihre weiße Bluse durchnässt und ließ ihren BH durch den Stoff hindurchblitzen. Sie musste die Hälfte des Inhalts seiner Kaffeebecher abbekommen haben. Ob sie sich verbrüht hatte? »Das tut mir wahnsinnig leid!« Er war sich nicht sicher, ob er sich für die Sauerei entschuldigte oder für die letzten zwei Jahre.

»Sag mal, spinnst du?«, fragte Lena ungerührt, jedoch erkannte er in ihrem lodernden Blick, wie viele Emotionen sich hinter der gleichgültigen Maske versteckten. Er hatte sie genauso kalt erwischt, wobei kalt nicht der richtige Ausdruck war. Eher brühend heiß.

Er blickte auf die leeren Pappbecher herab, die in der braunen Pfütze lagen. »Ähm, ich bin auf dem Weg zur Arbeit.« Ein zynisches Lächeln ließ ihre Mundwinkel hochzucken. Wohin hätte er um sieben Uhr morgens mit vier Kaffeebechern sonst unterwegs sein sollen? »Soll ich die Reinigung bezahlen?« Er deutete auf den Fleck, doch Lena sagte nichts. »Hast du noch meine Nummer?« Durch seine Hand zuckte ein stechender Schmerz, als die gerötete Haut in Kontakt mit dem groben Jeansstoff seiner Hose kam. Er holte sein Handy heraus. »Sonst diktiere ich sie dir. Also, wegen der Reinigung«, murmelte er, doch Lena unternahm keine Anstalten, auf sein Angebot einzugehen. »Oder soll ich sie dir aufschreiben?« Eilig riss er an dem Reisverschluss seiner Tasche und wühlte nach einem Zettel. Den Schmerz unterdrückte er.

Als er aufsah, wusste er, dass sie den Zettel nicht entgegennehmen würde. Ihr Gesicht war versteinert. Er ließ die Hand mit dem kleinen Notizheft wieder sinken. »Sorry nochmal. Ich muss jetzt weiter«, nuschelte er leise in sich hinein, betreten an Lena vorbeisehend. Mit einem dumpfen Klopfen in der Brust setzte er sich in Bewegung. Hiermit hatte er sicherlich den Preis des feigsten Menschen auf dem Planeten gewonnen.

Wieso schmerzte es in seiner Brust, dass Lena ihm nichts hinterherrief?

Es durften auch verletzende Worte sein.

Irgendwas.

Er blieb stehen und drehte seinen Kopf zu ihr. Nur drei Schritte trennten sie.

Lena hatte gerade den Mund aufgemacht. Vielleicht hätte er sich nur eine Sekunde gedulden müssen. »Ist das dein verdammter Ernst?«, presste sie wütend heraus. Endlich. Ihre Haut hatte sich dunkelrot verfärbt. Lena errötete schnell, ganz gleich welche Emotionen ihr Gemüt erhitzten. Das hatte sich in zwei Jahren nicht geändert. »Du lässt mich hier einfach stehen? So wie damals?« Er wollte etwas sagen, doch er spürte, dass sie noch nicht fertig war und blieb still. »Ich soll dir schreiben wegen eines beschissenen Flecks? Denkst du, ich habe keine anderen Probleme?« Ihr Gesicht war hassverzerrt. So wütend hatte er sie noch nie gesehen.

»Was für Probleme?«, fragte er.

Ihre Mundwinkel sackten nach unten. Lena sah ihn an, als müsste er genau wissen, wovon sie sprach. »Das Unternehmen? Mittlerweile *mein* Unternehmen? Ich hätte fast die Schotten dicht machen müssen!« Aber nur fast, dachte er erleichtert. »Die Agentur ist übrigens umgezogen. Wir haben jetzt ein viel größeres Büro. Hier, an der Friedrichstraße«, erklärte sie kalt.

Ihre Worte bestätigten ihn. Es war kein Fehler gewesen. Sie wäre niemals so weit gekommen, wenn er damals nicht abgesprungen wäre. In jeglicher Hinsicht.

Es war eine der schmerzhaftesten Erkenntnisse seines Lebens, dass Lena seinen Zielen im Weg stand, genau wie er ihren.

»Ich wusste, dass du es schaffst«, gab er leise zurück, doch seine Worte waren nur zusätzlicher Brennstoff für die Flammen. Auf Lenas Stirn bildete sich eine steile Falte. Sie schob ihren Unterkiefer vor. »Super, und wenn es schief gegangen wäre? Ich hatte all meine Reserven in dieses Projekt gesteckt. Das hätte mich finanziell ruiniert«, schimpfte sie. »Du konntest einfach die Flinte ins Korn werfen, als du keinen Bock mehr hattest!«

Sie sparte den persönlichen Teil aus. Zu schmerzhaft. Für ihn selbst war das viel schlimmer gewesen, als der Verlust der Eventagentur, die sich ohnehin immer mehr als ein Störfaktor in ihrer Beziehung herausgestellt hatte. Wie ein Splitter, den man immer mit sich herumtrug.

»Darum ging es nicht«, erklärte er mit fester Stimme. »Wir hatten sehr unterschiedliche Vorstellungen.«

»Und das ist ein Grund abzuhauen?«

»Ja«, gab er trocken zurück. »Ich muss jetzt wirklich los.« Auch ohne auf die Uhr zu sehen wusste er, dass er nun wirklich spät dran war. Etwas, das ihn seine Beförderung kosten konnte. Das durfte auf keinen Fall passieren.

»Klar. Mal sehen, wie lange du diesen Job durchziehst!«

Er sah zu Boden. Die vier Pappbecher lagen immer noch dort. Plattgetreten.

Mit spitzen Fingern hob er seinen Müll auf und warf ihn zu den anderen Bechern, die bereits aus einem Mülleimer herausquollen, zusammen mit Papiertüten von Bäckern und leeren Getränkedosen. Er spürte Lenas Blick im Nacken.

Hatte sie recht? Würde er schon bald wieder einknicken? Er hatte lange nicht nachvollziehen können, was ihn damals derartig aus der Fassung gebracht hatte, dass er alles wegwarf, wofür er jahrelang gearbeitet hatte.

Mittlerweile konnte er es, doch das war nun nicht mehr wichtig. Seine Entscheidung mochte richtig oder falsch gewesen sein. Er hatte trotzdem etwas ausgelassen: eine Entschuldigung.

Die Schuldgefühle schlugen Wellen in ihm. Jetzt wäre der ideale Zeitpunkt, um sich zu entschuldigen. Doch er ging an ihr vorbei. Dieses Mal wortlos.

Wollte sie diese Worte überhaupt von ihm hören, oder war es dafür bereits zu spät? Und was noch schlimmer war: Eine Entschuldigung könnte sich heilend auf seine Wunden legen und sein Gewissen bereinigen. Das hatte er absolut nicht verdient. Es war besser, dieses Gefühl täglich an sich nagen zu lassen, damit er nicht vergaß, was er für ein Arschloch war.

Eilig bog er in den Bahnhof. Ob seine Vorgesetzten es ihm sehr übelnahmen, wenn er zu spät auf der Arbeit auftauchte, ohne Kaffee? Er rannte die Treppe zu den S-Bahn-Gleisen hoch und sprang durch die sich schließenden Türen. Gerade rechtzeitig. Er setzte sich auf einen freien Platz. Ihm schräg gegenüber kuschelte ein Pärchen miteinander. Wunderbar. Hoffentlich würden sie an der nächsten Haltestelle wieder aussteigen.

Lenas Worte hallten in seinem Kopf wider wie ein Echo. Mit jeder Wiederholung klangen sie vernichtender. Als wäre er der schlechteste Mensch auf Erden. Falls sie ihm das sagen wollte, war die Nachricht bei ihm angekommen. Er fühlte sich unendlich schäbig. Betreten sah er nach draußen, bis er bemerkte, dass die Scheibe sein Gesicht widerspiegelte. Das konnte er nicht ertragen.

Er sah erneut das Pärchen an.

Wie oft hatte er auf seinem Handy eine Nachricht an Lena formuliert und direkt wieder gelöscht? In den ersten Wochen nach ihrer Trennung hatte er jeden Gedanken an sie direkt an der Wurzel abgeschnitten. Doch nach ein paar Wochen, als ihm auffiel, was er da getan hatte, versuchte er rund um die Uhr, nach den richtigen Worten zu suchen. Vermutlich wollte er sich selbst erklären, wie er einfach so abspringen konnte aus ihrem gemeinsamen Leben. Die Agentur war ihm dabei egal gewesen. Ein Umstand, der wohl das Kernproblem darstellte. Lena lebte dafür. Sie war mit ihrer Firma verpartnert. Vielleicht war er genau deswegen gleich zu Beginn in das Unternehmen eingestiegen. Er wollte eine größere Rolle in ihrem Leben spielen. Eine Rolle, die ihn wie ein schlechtsitzender Anzug bei jedem Schritt daran erinnerte, dass er sie loswerden musste. So schnell wie möglich.

Würde Lena das jemals verstehen?

Wenn nicht jetzt, dann nie.

Motivation floss durch seine Adern. Jetzt war der Zeitpunkt gekommen.

Ungeduldig blickte er auf die Anzeige, auch wenn er wusste, dass sie gerade in den Hauptbahnhof einfuhren und es noch einige Minuten dauern würde, bis er wieder an der Friedrichstraße ausstieg.

Direkt nebenan drang ein großer Schwall Menschen aus einer Bahn. Ein prüfender Blick auf die Anzeige verriet, dass sie zurück zur Friedrichstraße fuhr. Er positionierte sich mittig vor der Tür, schob sich durch, sobald der Zug hielt und eilte an den ein- und aussteigenden Menschen vorbei. Während der charakteristische Signalton erklang, sprang er durch die zuschnappenden Türen in die gegenüberliegende Bahn. Glück gehabt.

Nach einer Station stieg er an der Friedrichstraße wieder aus.

Stumm flehte er, dass Lena noch nicht verschwunden war.

Er rannte die Treppen herunter, nahm immer zwei Stufen gleichzeitig und war heilfroh, dass es ihm sturzfrei gelang. Er drängelte sich an einer Gruppe vorbei, die sich um einen Stadtplan zusammendrückte, und stolperte fast über ein kleines Kind, das sich an das Bein seiner Mutter klammerte.

In seiner Hektik bog er falsch ab, sodass er am Tränenpalast rauskam. Mist! Er umrundete den Bahnhof.

Ihre schlanke Statur war nicht unter den vielen Menschen ausfindig zu machen. Er rannte weiter, stieß eine Passantin zur Seite.

Da!

Erneut schien es einer unfassbaren Fügung gleichzukommen, dass er zwischen all den Menschen Lena ausfindig machte. Mittlerweile hatte sie die Straßenseite gewechselt. Sie stand am Rand, direkt neben dem Eingang zu einer Eisdiele. Gehetzt flogen ihren Finger über das Handydisplay. Auf ihrer Stirn zeichnete sich eine Zornesfalte ab.

Die Ampel stand auf Rot, jedoch konnte er von keiner Seite eine Trambahn oder ein Auto ausfindig machen, sodass er es riskierte.

Lena steckte ihr Handy wieder ein und ging los. In schnellen Schritten schloss er zu ihr auf, schob sich an einer Touristengruppe vorbei. Immer wieder erkannte er ihren schwarzen Haarschopf zwischen den Menschen. Eigentlich glaubte er nicht an übernatürliche Bestimmung. Vielleicht sollte er seine Einstellung noch einmal überdenken, wenn er sie tatsächlich einholen konnte.

Ob sie seine gedanklichen Anweisungen hören konnte?

Lena war einigen Passanten aus dem Weg gegangen und blieb stehen. Wie immer, wenn sie konzentriert war, sog sie ihre Unterlippe ein, während sie etwas auf ihrem Handy las.

»Lena!«, rief er. Nur noch wenige Meter trennten sie.

Langsam drehte sie sich um. Die geweiteten Augen verrieten, wie schockiert sie war. Intuitiv wich sie einen Schritt zurück.

»Es tut mir leid«, sagte er mit fester Stimme. »Alles. Ich bereue meine Entscheidung nicht, aber ...« Die richtigen Worte versteckten sich vor ihm. Er fuhr sich durch die Haare. »Die Eventagentur war dein Traum. Ich habe deinen Mut immer bewundert.« Er lächelte sanft. »Du wagst Dinge, die sich kaum jemand traut. Nimmst Kredite auf, obwohl die ersten Monate nur rote Zahlen geschrieben wurden. Arbeitest wie eine Verrückte. Ich wusste, dass es sich irgendwann auszahlen würde. Aber nicht ...« Jetzt wurde es heikel. Wer gab gerne zu, dass er ein Bremsklotz war? »Nicht mit mir.«

Lena schüttelte fassungslos den Kopf. »Spiel jetzt nicht den Helden! Du bist in einer Nacht- und Nebelaktion aus unserer Wohnung ausgezogen und hast dich nie wieder gemeldet. Etwas extrem für deine ach so edlen Motive!« Ihre Stimme wurde mit jedem Wort lauter. Wütender.

Er ließ seine Schultern sacken. Mist. Voll erwischt. »Das ...«

»Ist sehr typisch für dich. Richtig. Du verfährst immer nach einem kompromisslosen Alles-oder-Nichts-Prinzip.«

»Ich habe es nicht mehr ausgehalten!« Seine Stimme wurde so laut, dass einige Schaulustige langsamer an ihnen vorbeigingen, um ein paar Fetzen ihres Streits aufzuschnappen.

»Nicht mal bis zum Morgen?«, fragte sie schrill. »Du hättest mich auch wecken können!«

Manch einer war stehen geblieben und schüttelte anklagend den Kopf. Er bemerkte die stechenden Blicke. Beliebt machte er sich gerade nicht.

»Und du hättest gemeinsam mit mir meine Sachen zusammengeräumt und akzeptiert, dass ich mich vom Acker mache?«, presste er möglichst ruhig hervor. Er wollte nicht, dass ihm jemand zuhörte. Andererseits war er selbst schuld, wenn er es auf einen Zufall ankommen ließ, statt das Gespräch von selbst zu suchen.

»Alles wäre besser gewesen, als morgens aufzuwachen und fest-zustellen, dass dein Zeug weg ist!« Sie wischte sich über die Augen und verzog im gleichen Atemzug ertappt die Lippen. Nicht nötig, es wäre ihm ohnehin nicht entgangen, dass sie weinte. Dafür war ihre Stimme viel zu hell geworden.

Missbilligendes Gemurmel aus der Menge schwappte zu ihnen herüber. Das Schlimme: Ohne ihn zu kennen, hatten sie alle recht.

»Kannst du dir vorstellen, wie verletzt ich war?«

Das wollte er sich nicht vorstellen. Trotzdem hatte er es getan. Immer wieder. Es war zu einem Ritual geworden, sich daran zu erinnern, wie sehr er Lena wehgetan hatte. Jedes Mal brannte es lichterloh in seiner Brust.

Lena verschränkte die Arme. Mit hochgezogenen Augenbrauen signalisierte sie ihm, dass sie keines seiner Argumente gelten ließ. »Du hättest auch aus der Agentur aussteigen können.«

Berechtigter Einwand, nur hätte das kaum etwas verändert. Ihre Beziehung wäre aufgelaufen. Vielleicht ein bisschen später, aber ihr Ende war unumschiffbar gewesen, nur, dass Lena die vielen Hinder-nisse noch nicht auf sich zukommen sah, während er bereits gekentert war. »Und dann? Ich habe ständig versucht, deine Aufmerksamkeit einzufangen. Wie oft habe ich versucht, dich zu einem Ausflug, Kurz-urlaub oder Dinner zu überreden? Du hattest nie Zeit. Das Highlight war, als du am Todestag meiner Schwester erst um dreiundzwanzig Uhr nach Hause gekommen bist. Ich hätte dich gebraucht.« Als er sah, wie sich Lenas Augen betroffen weiteten, ruderte er zurück. »Ja, ich weiß! Du hattest es gar nicht auf dem Schirm, sonst wärst du für mich da gewesen!« Er bemühte sich um ein Lächeln, kam je-doch nicht umhin, noch anzufügen: »Aber wir hatten am Vorabend drüber gesprochen.«

Lena schlug sich erschrocken die Hand vor den Mund. »Habe ich diesen Tag wirklich vergessen?«, fragte sie heiser.

Er wich ihrem Blick aus. »Ja.«

»Scheiße, das tut mir fürchterlich leid.« Ihre Worte umhüllten ihn warm. Eigentlich hatte er das nicht gesagt, um eine Entschuldigung einzusammeln. Trotzdem tat sie gut. Unheimlich gut sogar. Ob seine Worte ebenso heilend für Lena wirkten? Er hoffte es.

»Es tut mir ebenfalls leid. Ich hätte nicht einfach abhauen dürfen.« Er schüttelte den Kopf. »Auch, wenn ich echt frustriert war.«

»Da war viel Frust?«, hakte Lena vorsichtig nach.

»Allerdings.«

»Das habe ich nie bemerkt.«

»Das weiß ich.«

Er sah Lena an, dass diese Worte sie nicht trösteten. Ihre Unterlippe zitterte wieder. »Aber du hättest doch etwas sagen können!«

»Das war nicht so einfach. Immer, wenn ich ...«

Lena unterbrach ihn, indem sie ihre Hand hob. Ein resigniertes Nicken folgte. »Wow, sieht so aus, als wärst du nicht das einzige Arschloch gewesen.«

Er spürte, wie sich ein bisschen Druck in seinem Inneren löste. Die Worte, die sich hartnäckig in seinem Kopf festgesetzt hatten, konnten endlich nach draußen gelangen. Dorthin, wo sie hingehörten. Zwischen Lena und ihn. Er atmete befreit durch, dann glitt sein Blick zu der S-Bahn-Brücke. Eine leichte Welle der Panik schwappte durch seinen Körper.

»Du, ich muss echt los. Ein wichtiges Meeting.« Er sah auf die Uhr. »Wollen wir nachher einen Kaffee trinken?«

»Wenn du ihn mir nicht über die Bluse schüttest.« Ihr Mundwinkel zitterte bei dem Versuch zu lächeln.

»Selbstverständlich nicht. Ist deine Nummer noch aktuell?« Er kannte die Antwort, doch er wollte so tun, als hätte er nicht häufig nachgesehen, ob sie ein neues Profilbild hatte.

»Ja.« Ein zaghaftes Lächeln. »Was ist das für ein Meeting? Ich meine, was machst du jetzt?«

»Das erzähle ich dir später beim Kaffee.«

Lena nickte, dann rannte er zurück zum Bahnhof. Hoffentlich würde man ihm seine Unpünktlichkeit verzeihen.

Barbara Gase

Die Followerin

Krasses Kunstlicht in den Arterien der Stadt. Clownsgesichtige Menschen auf dem Bahnsteig. Schatten auf weißen Wänden. Gerüche, die es nur im Untergrund gibt. Ein Windhauch. Quietschen, das an ein entfesseltes Lachen erinnert. Die U-Bahn fährt ein. Friedrichstraße.

Er schaut von seinem Smartphone auf und folgt den anderen Hosenbeinen in den Wagen.

Ich folge ihm, benutze aber eine andere Tür.

Ich folge ihm seit vier Monaten. Ich bin verliebt. Täglich kontrolliere ich seinen Instagram-Account. Ich weiß immer, wo er ist. Ich kenne seine Wohnung, sein Bett, ich kenne seine Freunde, seinen Hund, ich weiß, was er morgens isst.

Ich liebe ihn sehr. Er hat mich erst einmal angesehen, mehr zufällig, als wir zusammen an der Kaufhauskasse standen. Ich weiß nicht, ob er gelächelt hat. Es ging alles so schnell. Er wohnt ein paar Straßen weiter, er heißt Daniel.

Ich bleibe an der Tür stehen, lehne mich an die Wand und schaue aus dem Fenster auf die rasende Schachtwand. In der Spiegelung kann ich ihn sehen. Er tippt auf seinem Smartphone herum. Bestimmt hat er viele Kontakte.

Ich sehe meine Silhouette. Rasch schaue ich weg.

Die U-Bahn ist voll. Ein prall gefülltes Kissen, das an den Haltestellen aufplatzt. Verärgert schauende Menschen steigen ein und steigen aus.

Auf der Bank gegenüber sitzen eine Frau mit raspelkurzen weißen Haaren und ein Mann, bekleidet mit einem schwarzen T-Shirt, auf dem ›minimalism‹ steht.

Gesprächsfetzen im Hintergrund:

»Bei uns zu Hause ist schon länger alles in schwarz-weiß und grau. Weiße Wände, schwarze Möbel, graue Sitzlandschaft in Betonoptik, schwarz-weiß-gestreifte Kissen. Ich hab mir mal die Pulsadern aufgeschlitzt, tropfte voll rot aufs Sofa.«

»Krass.«

»Is' ja nix passiert. Kam ein neues Sofa, schwarzes Leder.«

»Damit macht so eine Aktion keinen Spaß mehr.«

Am Halleschen Tor steigt Daniel aus. Ich folge ihm durch den langen Gang mit Waldmotiven an den Wänden. Geigenklänge schweben durch die Luft. Tschaikowsky unter der Erde. Unwirklich und zauberschön. Ich habe einen Kloß im Hals. Mir steigen Tränen in die Augen. Bloß das jetzt nicht.

Ab in die U1 bis Schlesisches Tor.

Er eilt die Straße entlang. Ich laufe hinter ihm her, rudere durch den Menschenstrom. Ich darf ihn nicht verlieren.

Ein Klangteppich pfeifender Hochbahnen und klappernder Rollkoffer. Ein Potpourri fremder Dialekte und Sprachen.

Rechts das Restaurant *Taj Mahal* und links das *Marrakesch*, vor mir der *Antalya-Grill*. Schon wieder ein neues Baugerüst. Überquellende Gemüse- und Obststände. Farbenrausch. Rot-, Gelb- und Grüntöne, vor allem Rot, Erdbeeren, rotwangige Äpfel, Himbeeren, Tomaten, Radieschen, Chilischoten, Kirschen.

Ich schaue hoch. In einem Baum hängen unzählige an den Schnürbändern zusammengebundene Turnschuhe. Darüber ein satter, dunkelblauer Himmel.

Er überquert die Straße in Richtung Park. Ich bin jetzt direkt hinter ihm.

Daniel passiert das Spalier der Dealer, die am Eingang des Parks herumstehen. Es ist ein warmer Frühlingsabend, und im Park wird gegrillt. Rauchfahnen steigen gleichförmig auf.

Ein Duftcocktail aus verbranntem Fleisch und Marihuana liegt in der Luft.

Die Haut des Parks ist verletzt. Überall Brandflecken. Braun getreten der Rasen oder das, was von ihm übrigbleibt. Gurrende Tauben, Spatzen.

Flaschensammler mit Einkaufswagen, Jogger, Hunde, Kinder, Partypeople bevölkern den asphaltierten Mittelweg.

Aus der Ferne Saxophonklänge und das Trillern und Flöten der Nachtigallen.

Die Bäume sind groß geworden auf dem ehemaligen Eisenbahngelände. Hinter der Steinmauer wachsen Birken, Ulmen, Robinien.

Auf den Wegen und im Gebüsch Müllhaufen, Grillreste, Hundekacke, gebrauchte Kondome. Tristesse, an der orangefarbene Abfalleimer auch nichts ändern.

Ich schleiche hinter Daniel her.

Er steuert auf eine Bank zu, auf der zwei Dealer sitzen. Sie verticken Gras und murmeln: »*Special price*«. Ein Tütchen Cannabis wechselt den Besitzer. Der Dealer grinst. Das Basecap ins Gesicht geschoben. Nike-Turnschuhe in knalligen Farben.

Ich stelle mich hinter Daniel in den Schatten des Baumes. Er hebt sein Smartphone und macht ein Selfie.

Ich atme tief ein und lächle.

Nun wird er mich endlich erkennen. Bald sind wir vereint.

Nadja Kasolowsky

Dreieinhalb Millionen

»Nächste Station Friedrichstraße.« Die monotone Männerstimme informiert mich über meine Umsteigemöglichkeiten. »Fahrgäste nach Hauptbahnhof steigen bitte hier um.«

Die Friedrichstraße ist der Vorort der Hölle, pardon, des Hauptbahnhofs. Was eigentlich synonym verwendbar ist. Menschenmassen, die die Treppen verstopfen, unzählige Touristen, die Berlin erkunden wollen – so langsam, dass man sich unwillkürlich fragt, ob es da ein offizielles Schneckenrennen gibt, von dem man noch nichts weiß.

Ich erwäge für einen Moment, einfach sitzen zu bleiben und weiterzufahren, bis Gesundbrunnen oder gleich durch nach Oranienburg. Um dann in Brandenburg den Menschenaufläufen und dem damit verbundenen Stress der Großstadt zu entkommen. Stattdessen stehe ich auf und lasse mich mitziehen, schleiche die Treppen hinauf und hänge der Vorstellung einer Massenpanik nach, hier, wo die Stufen so vollgestopft sind, dass diejenigen, die es eilig haben, kurz davor sind, Schlagstöcke hervorzuholen.

»Passengers travelling to Hauptbahnhof ...«, hallt die Männerstimme in meinem Kopf nach. In der Großstadt scheinen alle ein Ziel zu haben. Die Menschen hasten dahin, als hätte alles seine Ordnung: Rechts auf den Rolltreppen stehen, links rennen, ausweichen, bloß keine Zeit verlieren. Und die Touristen sind Besucher dieser Stadt, die

ihre innere Logik nicht kennen und immer wieder mit ihr zusammen-
prallen, mit ihr und ihren Befolgern. Doch auch sie haben ein Ziel, sei
es das Brandenburger Tor, der Alex oder das Holocaust-Mahnmal.

Nur ich nicht.

Ich habe kein Ziel.

Ich befinde mich inmitten all dieser Menschen und fühle mich
verloren. Merkwürdig abgeschottet, als wäre ich kein Teil ihrer Welt.
Ich sehe all die Gesichter, hinter denen ganze Leben versteckt liegen,
und doch ist es, als sei ich in einer Blase gefangen.

Heute Morgen war ich noch eine von ihnen.

Jetzt stehe ich außerhalb.

Ich lasse mich hinaustreiben, vorbei an Obdachlosen, Business-
typen, Studierenden und Theaterbesuchern, bis ich schließlich an
der Spree lande.

Ein Anruf. Und plötzlich ist alles anders.

»*Hey Caro, hier ist Mark.*«

Ich umklammere die Brüstung des Geländers und blicke starr aufs
dunkle Wasser.

Zittriger Atemzug.

»*Ich ...*« *Brechende Stimme.* »*Ich wollte dir nur sagen ...*«

Noch ein Atemzug.

*Ich realisiere erst jetzt, dass er weint. Ganz nüchtern registriere ich
diese Tatsache, als wäre ich eine Maschine und kein Mensch.*

»*Caro ...*« *Ein Schluchzer.* »*Marie ist ...*«

Ich stehe allein an der Spree. Um mich herum sind Menschen, aber
wir existieren in unterschiedlichen Universen. Nichts von alldem
hier ist real.

Wie könnte es das auch sein?

Wie könnte dieser Tag real sein?

Langsam laufe ich los, ohne Ziel, ohne Richtung, einfach an der
Spree entlang. Ich klammere mich an den Fluss wie an ein Rettungsseil, meine letzte Verbindung zur Realität. Wenn ich ihm den Rücken
zuwende, verirre ich mich dann endgültig? Verliere ich mich dann in

den unzähligen Straßen dieser Stadt, in den Menschenmassen und Häuserlabyrinthen?

»*Caro ...*«

Ich schließe die Augen und balle die Fäuste. Irgendwo tief in mir sind Tränen, ich weiß es, aber ich bin wie versiegelt. Alles prallt an mir ab. Gefühle. Menschen. Die Welt.

Die Wahrheit.

»*Caro ...*«

Keiner der Passanten, die mir entgegenkommen, schaut mich an. Unsere Blicke sind gleichgepolte Magnete. Wir sind über dreieinhalb Millionen und unzählige Touristen. Trotzdem sind wir allein. Wir leben nebeneinander her.

Vielleicht würde es uns zerstören, uns jeden Tag für die Leben Millionen Anderer zu öffnen, für ihre Sorgen, Ängste, Träume und Wünsche. Vielleicht uns bereichern. Wer weiß das schon?

Um mich herum genießen die Menschen ihren Abend und ich beneide sie. Einen Augenblick lang habe ich die alberne Vorstellung, für immer so zu bleiben, losgelöst von der Welt. In ihr herumzuirren, ohne jemals wieder ein Teil von ihr zu sein. Aber das Leben geht weiter, oder?

Selbst, wenn wir den Anschluss verloren haben?

Ich überquere die Spree und stelle mir vor, die Brücke würde unter mir wegbrechen, wie es mein Leben vor wenigen Stunden getan hat. Nur dass ich nicht in dem dreckigen Wasser lande, sondern immer noch falle. Und es ist niemand da, der mich auffängt.

»*Caro ... Sie ist gestorben. Heute Morgen. Ganz friedlich und schmerzlos.*«

Seine Stimme bebt.

Ich sollte doch etwas fühlen, irgendwas, nur nicht diese bleierne Leere. Meine Finger umkrallen das Handy, mein Kopf ist wie leergefegt. Ich muss reden. Ich muss irgendetwas sagen.

»*Caro ...*« *Er versucht, sich zusammenzureißen.* »*Es tut mir unendlich leid.*«

Ich kratze Wörter zusammen, um mein Schweigen zu brechen, und weiß doch nicht, ob es die richtigen sind.

So kalt.

»Wenn du was brauchst ...« Er schnieft. *»Es ist scheiße, dass du so alleine in Berlin bist. Kommst du klar?«*

Ist das wirklich erst wenige Stunden her? Ich habe das Gefühl, seit Jahren in diesem Nebel zu hängen, der mich von der Welt trennt.

Ich habe gelogen.

Ich komme nicht klar.

Kein bisschen.

Wie kann jemand, der eben noch da war, auf einmal für immer weg sein?

Wie kann eine Existenz plötzlich zu einem Berg aus Erinnerungen werden, die sich wie spitze Scherben ins Herz bohren? Die so sehr wehtun?

Ich setze mich direkt ans Ufer, hinter mir der Hauptbahnhof, vor mir der Bundestag. Ein Stück weiter ragt der Fernsehturm hoch. Im letzten Sommer sind wir noch hier gewesen. Haben hier gesessen, uns unterhalten. Ich kann ihr Lachen förmlich hören, doch der Platz neben mir ist leer.

Ich schlinge die Arme um meine Knie, ziehe sie ganz fest an mich heran, als könnte ich so die Kälte vertreiben, die mich in ihren eisigen Klauen hält.

Wir haben hier gesessen, viel zu schnell schmelzendes Eis gegessen und sie hat sich über die Touristen auf den Sightseeing-Booten lustig gemacht.

»So werden sie niemals die Stadt kennenlernen.« Ihre Augen haben im Sonnenlicht gefunkelt.

»Lass sie doch«, habe ich gesagt. »Sie lernen eben eine andere Stadt kennen.«

»Aber die echte Stadt, das sind all die verlassenen Plätze und un-entdeckten Gassen. Um sie zu finden, muss man sich in den Stra-ßen verirren, muss sich in ihnen verlieren, bis man sich in ihnen wiederfindet. Am besten nachts. Oder wenn die Sonne gerade aufgeht, in dieser Zeit des Dazwischens, in der alles möglich ist. Dann ist jede Stadt magisch.«

Eine Träne stiehlt sich aus meinem Augenwinkel und bahnt sich ihren Weg meine Wange hinab.

Ich habe gelogen.

Ich komme nicht klar.

Ich wünsche mir so sehr jemanden, der mich einfach nur hält, aber ich bin allein. Allein in dieser verdammten Stadt. Allein inmitten all der Menschen.

»Ruf an, wenn ich noch was tun kann«, sagt er, ehe ich auflege.

Ich werde mir der Stille bewusst. Sie hängt in der Luft und nimmt jeden freien Zentimeter ein, bis kein Platz mehr für mich ist. Die Stille treibt mich voran. Oder vielleicht fliehe ich auch nur vor mir selbst.

Ich weiß nicht, wohin.

Mir fällt niemand ein, zu dem ich gehen könnte, und der einzige Mensch, mit dem ich gerade sprechen möchte, atmet nicht mehr.

Ich irre durch die Straßen, aber alles fühlt sich falsch an. Die Stadt fängt mich nicht auf, vielleicht hat sie keinen Raum für Menschen wie mich.

Irgendwann lande ich an der S-Bahn-Station. Dumpf starre ich auf die Anzeigetafel. Drei Minuten. Drei Minuten, die in keiner bekannten Einheit verstreichen, jenseits von schnell und langsam. Oder vielleicht gelten die physikalischen Gesetze für mich auch einfach nicht mehr. Drei Minuten oder drei Stunden oder drei Jahre oder drei Äonen später – wer weiß das schon? – sitze ich in der Bahn. Keiner schaut mich an. Ich weiß noch nicht einmal, wohin ich fahre. Der Einzige, der mit mir redet, ist der Mann von der Ansage. »Nächste Station ...«

Sie hat sich über die Ansagen lustig gemacht. Darüber, dass das »Hauptbahnhof« in der englischen Variante nicht übersetzt wird, weil so doch kein Tourist weiß, was gemeint ist.

»Komm«, hat sie gesagt, »wir steigen hier aus. Friedrichstraße. Wir steigen um aufs Laufen, wohin uns die Stadt trägt. Dann verlieren wir uns, und finden uns dann, und vielleicht entdecken wir lauter spannende Dinge.«

Ein Wochenende.

So ewig lange her.

Tränen rollen meine Wangen hinab.

Genau wie jetzt ist damals die Sonne untergegangen und hat dieses Ufer an der Spree in Gold getaucht.

»Die Zeit des Sonnenuntergangs ist die Zeit der Hoffnung«, hat sie behauptet. »Die Zeit des Verlierens und des Findens.«

Ich gäbe jeden verdammten Sonnenuntergang, nur um sie wieder an meiner Seite zu haben. Marie ist immer durch die Welt getanzt, als müsste man einfach nur die Augen öffnen und die Wunder wären da. Direkt vor der eigenen Nase.

»*Caro ... Sie ist gestorben.*«

Wo sind die Wunder jetzt?

Ich war immer die Zynische von uns beiden. Die Pessimistische, die nicht an Menschen glaubt. Marie hat mich ausgelacht. Ihr Lachen war wie ein Schwarm tanzender Schmetterlinge. Ich würde alles geben, um es noch einmal zu hören. Auch wenn es in den letzten Monaten leiser geworden war, schwächer.

Damals, an diesem Sommertag, habe ich noch gedacht, sie würde immer da sein. Und jetzt bin ich allein.

Ich könnte Mark zurückrufen. Aber ich weiß nicht, was ich sagen sollte. Gibt es Worte für diesen Schmerz, der wie ein Tsunami durch mich hindurchrollt, bei dem sich alles in mir zusammenzieht und der mein Innerstes zum Beben bringt? In mir ist nur Schweigen.

Ich schaue auf das trübe Wasser. Ein Sightseeing-Boot fährt an mir vorbei. Die Touristen lachen und machen Fotos. Enten sonnen sich im letzten Licht.

Hinter mir hupen Autos. Irgendwo ertönt eine Sirene.

»Hey.«

Es dauert ein bisschen, bis das Wort durch den Nebel zu mir durchdringt. Es dauert noch länger, bis ich begreife, dass ich angesprochen werde.

Ich schaue hoch. Vor mir steht eine junge Frau in meinem Alter. Zerrissene Jeans. Schwarzes T-Shirt. Kurze dunkle Haare. Ich registriere alles, als wäre ich selbst gar nicht da. Bin ich das denn?

Sie sieht mich an. »Entschuldigung, ich wollte nicht stören ...« Sie zögert.

Ich schweige, ich habe keine Worte.

»Es ist nur ...« Sie beißt sich auf die Unterlippe, als bereue sie es, mich angesprochen zu haben. Ich sage immer noch nichts.

»Du siehst aus, als bräuchtest du gerade jemanden.«

Langsam, ganz langsam, bringen ihre Worte Risse in die Mauer zwischen mir und der Welt. Stellen den Kontakt wieder zu ihr her.

Sie wartet meine Reaktion ab. Ich deute mit dem Kopf auf den Platz neben mich. Sie setzt sich zögerlich.

Eine Weile schweigen wir beide, doch die Stille hat an Gewicht verloren. Der Nebel lichtet sich. Das lindert den Schmerz nicht, im Gegenteil, ich spüre ihn nur umso heftiger. Aber ich habe nicht mehr das Gefühl, in einer Blase zu stecken.

»Meine Schwester ist gestorben«, flüstere ich. »Krebs.«

Sie sagt nichts, sieht mich einfach nur an, aber das reicht mir.

»Vor einem Jahr war sie noch hier, hat mich besucht, nachdem ich gerade erst hierhergezogen war. Alles war gut. Bis es das nicht mehr war. Es ging alles so schnell, und irgendwie haben wir damit gerechnet und irgendwie auch nicht und irgendwie ... Ich war nicht vorbereitet. Ich meine, ich hätte es sein sollen, aber wie soll man sich darauf vorbereiten? Und es ist niemand da, mit dem ich darüber reden könnte, niemand in dieser ganzen großen Stadt, und ich wünschte so, so sehr, sie wäre jetzt hier. Damit wir einfach nur den Sonnenuntergang angucken könnten, hier an der Spree, zusammen, aber sie ist es nicht, sie wird es nie wieder sein, und das tut weh. So weh. Dieser Schmerz pulverisiert dein Herz, aber es schlägt weiter.

Dreieinhalb Millionen Menschen, aber keiner davon ist der, den ich gerade hier haben will.«

Ich weine jetzt richtig. Meine Tränen fließen mit meinen Worten zusammen. Aber allein darüber zu reden, gibt mir das Gefühl, es zu schaffen. Zurück in die Welt. Vielleicht nicht jetzt sofort. Aber irgendwann.

Sie streckt den Arm aus und ich nicke und dann zieht sie mich in eine Umarmung. Und hält mich. Und fängt mich auf.

Wer weiß, vielleicht geschehen in dieser großen, anonymen Stadt doch noch Wunder.

Claire Fischer

B R L N

Irgendwo zwischen seinem Ego und ihrem Irrsinn, vor zu dicken Vorhängen und hinter dünnen Ausreden, irgendwo am Kotti ging sie spazieren. Sie fragte sich, ob es hier schon immer so hässlich gewesen oder ob sie heute ganz allein der Grund dafür war. Die hochgezogenen Reihen schmutzig-weißer Hausfassaden irritierten sie schon lange nicht mehr, aber es kam ihr vor, als wären die gelben Akzente viel penetranter als sonst.

In letzter Zeit kam sie nur selten vor die Tür. Er hatte es ihr schwer gemacht, etwas anderes zu sehen als die eigenen vier Wände (Pariser Grün, mit alten Bilderrahmen und noch frischen Drucken). Nicht, weil er sie eingesperrt hätte. Aber eingeschränkt – ja, reingezwängt in dieses Bild, das doch viel mehr nach Brandenburg passte.

Sie war lange geblieben und jetzt, jetzt war es Zeit spazieren zu gehen. Sie setzte einen Fuß vor den anderen, überrascht, wie leicht sie trotz der offenen Schuhe vorankam. Um ganz barfuß zu gehen war es noch zu kalt. Und zu nass. Und die Scherben waren nicht sonderlich charmant, denn trotz der ausgeprägten Hornhaut unter ihren Fußballen wären die Rückstände durchzechter Nächte fremder Gestalten schmerzhaft geworden.

Er mochte diese rauen Auswüchse nicht. Unweiblich hatte er sie genannt und ihr zum letzten Geburtstag ein Fußpflegeset geschenkt.

Das war seine romantische Seite, denn Romantik war zwischen ihnen seit Langem nur noch ein Synonym für Pragmatik. Aber jetzt, wo sie so allein vor sich hin spazierte, durchströmte sie plötzlich ein unglaublicher Epidermis-Stolz. Nur durch Belastbarkeit erlangte man eine so dicke Haut. Und belastbar musste man in diesem Viertel sein, in dieser Beziehung, ganz besonders, wenn man allein war.

Sie beschloss, zum Barfußlaufen müsse sie an die Friedrichstraße spazieren. Da war es anders, ordentlicher, und eigentlich ein bisschen zu langweilig für ihren Geschmack. Aber vielleicht war die Richtung gar nicht so falsch, immerhin war sie bisher nur im Kreis gelaufen. Kotti eben.

Zumindest den Checkpoint wollte sie heute noch erreichen. Also lief sie vorbei an Dönerläden und dem Batteriefachhandel, immer Ausschau haltend nach bekannten Gesichtern, um rechtzeitig die Straßenseite wechseln zu können. Anonymität – ihr treuer Begleiter in einem Netz aus Bekanntschaften, das sie nicht zu pflegen versuchte und das trotz allem stetig wuchs.

Vor einigen Jahren, es musste im Herbst gewesen sein, war sie dem Mann mit den dunklen Augenbrauen zum ersten Mal begegnet. Es war kalt gewesen draußen, aber sie weigerte sich seit Kindertagen strikt, Mütze zu tragen. Deshalb hatte sie den Mantelkragen etwas höher gezogen und die Schultern Richtung Ohren, um möglichst wenig Angriffsfläche zu bieten.

Damals war sie viel öfter durch die Straßen gelaufen, nur um mit dem Staunen nicht aufhören zu müssen. Er hatte ihr zugelächelt, flüchtig, als sie gerade Börek an der Ecke gekauft hatte. Sie wusste nicht mehr, was er damals getragen hatte. Vermutlich schwarz. Aber in dieser Stadt wurde Fremden für gewöhnlich nicht zugelächelt, deshalb vergaß sie ihn nicht. Weder ihn noch die buschigen Augenbrauen, die sie an ihren Physiklehrer aus der Schulzeit erinnerten. Sie hatte den Lehrer nicht leiden können und Physik nie gemocht, aber dieser Unbekannte vor dem Laden schien ihr sympathisch, soweit das Fremde sympathisch und nicht nur reizvoll sein konnte.

Börek an der Ecke war zu ihrem heimlichen Ritual geworden, manchmal variierte sie und bestellte sich Falafel. Der Besitzer kannte sie bereits nach dem dritten Besuch und hob zum Gruß eine Hand, wenn sie am Fenster vorbeilief, ohne etwas zu kaufen.

Aber es dauerte keine zwei Wochen, bis sie ihn wiedersah. Und, als hätte auch er auf sie gewartet, stellte er sich wie selbstverständlich neben sie. Und er lächelte.

»Bist du von hier?«, hatte er gefragt und dabei vorsichtig an seiner Zigarette gezogen. Er rauchte *Reyno White,* wie Helmut Schmidt. Das war ihr direkt nach den Augenbrauen aufgefallen. Der Kontrast des weißen, dünnen Stängels zu seiner breiten, dunklen Erscheinung war groß, in seine Hand passte er hingegen ausgezeichnet. Sie war feingliedrig, wie von einer Achtzehnjährigen, mit schmalen Gelenken und gepflegten Perlmutt-Nägeln. Seine Finger rochen immer etwas nach Menthol und Tabak und obwohl sie selbst nicht rauchte, war sie süchtig nach diesem Geruch geworden. Sie hatte seine Frage verneint und ihm von Zuhause erzählt, von ihrem Wegzug aus dem Süden und der Arbeit in dem viel zu großen Gebäude an der Rudi-Dutschke-Straße. Aus dem 19. Stock, darauf war sie damals beinahe stolz gewesen, konnte man die ganze Stadt überblicken und, wenn man wollte, noch mehr.

Sie waren ein einziges Mal zusammen dort oben gewesen, aber er hatte Höhenangst. Trotzdem war er mitgekommen und sogar bis an die Glasfront getreten. Die Augen hatte er nicht geöffnet, aber trotzdem gelächelt. Manchmal wunderte sie sich, was aus diesem Lächeln geworden war. Vielleicht schenkte er es mittlerweile im Straßenrausch anderen, die es mehr zu schätzen wussten oder dringender brauchten. Vielleicht hatte er auch einfach nur gelernt, sich an die Regeln zu halten und die Fremden fremd bleiben zu lassen.

Sie hatte ihm gleich zu Beginn davon erzählt, dass sie immer wieder vorgehabt hatte, weiterzuziehen. In eine kleinere Stadt, in der man nur fünf Minuten ins Zentrum brauchte. In der es ein Zentrum gab. Und Straßenschilder bedeutungslos waren, weil man ohnehin jede

Strecke kannte. Ihre Mutter hatte früher immer gesagt: »In jeder Stadt braucht man einen Anker, sonst bleibt man nicht lange.« Sie war geblieben.

Und während sie spazieren ging, Richtung Friedrichstraße, erinnerte sie sich plötzlich wieder daran, dass ihr Anker nicht bei ihm lag, sondern in der Spree. Und dass sie immer noch nicht alles gesehen hatte, nach all den Jahren. Sie erinnerte sich daran, wie gern sie ihn mochte und dass sie trotzdem lieber allein spazieren ging.

Diese Stadt war ihr schon immer groß vorgekommen, aber noch nie so unendlich.

Lucinda Flynn

Jamie

Für Charlotte war es ein Dienstag wie jeder andere: Gesprungene Bierflaschen, der Gestank von verdampfendem Alkohol, das Fluten von gehetzten Stimmen und flackernden Bildern, die an ihr vorbeirauschten wie ein Film, der sie nicht mehr berührte. Fußgetrappel, Schultern, die ihre streiften, und Kaugummis, die sich als blinde Passagiere an Schuhsohlen klammerten. Alltag in der Großstadt.

Sie schob sich Kopfhörer in die Ohren und vergaß den Lärm, der sich außerhalb ihrer Blase befand, in der sie bloß einen einzigen Song abspielte. Das immergleiche Intro, schwingende E-Gitarrensounds und ein Gesang, von dem sie jeden Ton voraussagen konnte. Anders hätte sie diesen Tag unmöglich verkraftet. Charlotte steckte die Hände in die Taschen ihres abgetragenen Hoodies und flüchtete sich in dessen vertrauten Geruch.

Sie lief die Treppen zum Bahnsteig hinauf, pedantisch auf den Rhythmus des Schlagzeugs achtend. So wusste sie immer, wie schnell sie die Treppen hinaufsteigen musste, damit ihr Puls in ruhigen Bahnen verblieb und nicht lossprintete wie ein panisches Kaninchen. Den letzten Absatz der Treppe hüpfte sie hinauf, folgte dem Zucken des Herzens in ihrer Brust. Aber sie lächelte. Alles wie immer. Kein Grund zur Panik.

Die Bässe kamen zum Erliegen. Charlotte blieb stehen. Wartete, dass das Lied in Dauerschleife von vorn begann, bis sie ihre abgezählten Schritte bis zum Ende des Gleises machen konnte, hinaufschaute zu der blauen Anzeigetafel, um schließlich dort zu lesen: S3 Spandau, drei Minuten.

Die Gitarren schnarrten, und Charlotte setzte sich in Bewegung. Eins, zwei, drei, jeder ihrer Schritte perfekt abgestimmt. Wie immer. Sie passierte die alten Ticketautomaten. Eine Taube stob davon und pickte einige Schritte weiter einen Schnabel voll Krümel. Charlottes Blick wanderte nach oben.

Sie erstarrte. Ihr Herz hing einen Moment lang in der Luft, auf ihrer Luftröhre lag ein Druck, der sich bis in ihre Lunge zog. S3 Olympiastadion – 3 Minuten.

Charlotte schluckte und zwang sich, ihren Blick zu senken. Sah dann auf ihre Armbanduhr. Zwölf Uhr siebzehn. Das war ihre Bahn. Nur fuhr die Linie nicht bis zum Ende. Sie würde nie in Spandau ankommen – nicht mit dieser Bahn, *ihrer* Bahn. Nicht wie immer. Anders. Ihre Hände verkrampften sich so fest, dass ihre Fingernägel blutige Halbmonde in ihre Handflächen schnitten, Hitze braute sich in ihrer Brust zusammen und sie wollte sich klein machen, so klein, dass sie eines der Kaugummis am Boden als Zebrastreifen benutzen könnte – ach, Zebrastreifen! Die Stadt benutzte Ampeln stattdessen, und Ampeln … die zeigten doch sowieso nur Farben, deren Bedeutung man vergaß, wenn man in eine Großstadt zog, denn die Zeit, die Zeit, die rennt, und wir rennen auch …

Die gelb-roten Wagons der einfahrenden S-Bahn durchbrachen ihr zielloses Starren wie der Korrekturstift einer strengen Lehrerin. Sie holte tief Luft und schloss die Augen, klammerte sich an das vertraute Geräusch und den Luftzug, der unter ihren Hoodie drang. Ihre S-Bahn fuhr ein und stoppte mit dem Quietschen, das ihr jetzt einen Anker bot, eine Sicherheit, dass alles okay war. Wieder wie immer war – zumindest für den Moment.

Charlotte stieg in den gleichen Wagon wie jeden Tag. Die Luft war dick und warm, beinahe so, als würde sie in Wackelpudding eintreten. Trotzdem atmete sie ein, als hätte sie nie Besseres gekostet. Vertrautheit schloss sie in die Arme, und Charlotte saß in dem gleichen Vierersitz wie immer. Die nächste Stunde würde sie hier bleiben, dem Song in ihren Ohren lauschen und sich nicht beirren lassen. Obwohl die Bahn zu früh halten würde – Olympiastadion, nicht Spandau. Die falsche Station. Viel zu früh.

Die Heizung unter dem Sitz kniff in ihre Waden, aber Charlotte regte sich nicht und ließ die Hitze Schweiß unter ihre Jeans malen. Der Boden klebte von ausgeschüttetem Bier, die grünen Sitzpolster der S-Bahn waren von der Sonne ausgebleicht.

Sie saß allein und schloss die Augen, verlor sich in ihrer Musik und der Gewissheit, dass alles gut war. Zurückgelehnt saß sie nun da, ihr Atem tief, ruhig. Routine. Bis die letzte Station kam, mit der die Fahrt nie enden durfte.

Ein zarter Luftzug ließ Charlotte die Augen öffnen, die angedeutete Kühle eines Schattens über sich. Eine Frau nahm ihr gegenüber Platz und starrte sie unverwandt an, prüfend und schamlos, als wolle sie etwas sagen, wüsste aber noch nicht, wie. Charlotte starrte zurück, dann wandte sie rasch den Blick ab. Die Augen der Frau waren schwarz wie Kohlestücke, so dunkel, dass die Iris sich kaum von der Pupille abhob. Demonstrativ schaute Charlotte aus dem Fenster, wo graue Wolkenschleier den wenigen grünen Ecken Berlins ihre Farbe stahlen. Aber sie spürte das Kitzeln auf der Wange, das der stierende Blick hinterließ, das Kribbeln in ihrem Bauch, und als sie den Kopf wieder zur Seite wandte, fixierte die Frau sie immer noch.

Sie sah unscheinbar aus, ein farbloses Blond, Augenringe, ausgeblichene Jeans, und doch fing sie Charlottes Aufmerksamkeit wie eine Venusfalle Fliegen. Sie saß leicht vorgebeugt und taxierte Charlotte mit ihrem Blick, und auch, als diese die Stirn runzelte und den Oberkörper wegdrehte, ließ sie nicht von ihr ab. Es war, als würde diese Fremde eine faszinierende Geschichte in Charlottes Augen lesen, aber aus einem Buch, das sie gestohlen hatte, denn diese Geschichte gehörte nur Charlotte allein.

Und dann tat Charlotte etwas, das sie seit Ewigkeiten nicht mehr getan hatte. Sie erhöhte die Lautstärke ihrer Musik. Als würden sich ihr die Fingernägel nach oben rollen, fühlte es sich an. Der Gesang ertönte lauter in ihrem Kopf und sie presste die Knie zusammen, als ihrem Atem schmerzhafte Stacheln wuchsen. Sie starrte auf ihre zu Fäusten geballten Hände über den Knien, auf die vor Anspannung weißen Fingerknöchel. Charlottes Atemwege wurden eng. Hitze rumorte in ihren Wangen. Die Frau starrte weiter. Charlottes Blick huschte durch den Wagon.

Viele Plätze waren frei, Plätze, auf die sie hätte ausweichen können, hätte ihr der Gedanke daran, auf einen anderen Sitz zu wechseln, nicht solche Panik bereitet, dass ihre Fingernägel sich in die Knie gruben. Langsam glitt ihr Blick zurück zu der Frau. Der Zug ratterte auf den Schienen. Die Fremde lächelte.

Mit zittrigen Händen zog Charlotte die Kopfhörer aus ihren Ohren, die Stirn in Falten gelegt und jeden Muskel im Körper angespannt. Sie holte tief Luft, aber ihre Stimme brach dennoch, als sie sagte: »Sie starren mich an.«

Die Fremde lächelte wieder. »Das stimmt.«

»Tja, dann ...« Unsicher presste Charlotte die Ellenbogen gegen ihre Seiten. »Dann lassen Sie das.«

»Dann würdest du eine wichtige Gelegenheit verpassen«, erwiderte die Fremde ungerührt schmunzelnd.

Charlotte kniff die Augen zusammen. »Bitte?«

»Sag Jamie zu mir. Und wie heißt du?«

»Was?«

»Dein Name.«

»Charlotte –« Sie stockte. Schüttelte den Kopf. Was war los mit dieser Frau? Mit zittrigen Fingern suchte Charlotte nach den Kabeln der Kopfhörer.

»Charlotte. Wohin fährst du?« Jamie legte den Kopf schief. Der Blick ihrer dunklen Augen ließ Charlotte in der Bewegung innehalten.

»Spandau«, sagte sie langsam, dann verstummte sie. Wieso sagte sie dieser Fremden das?

»Warum?«

»Bitte was?«

»Warum fährst du nach Spandau?«, wiederholte Jamie geduldig.

»Weil ich immer dahin fahre.«

»Jeden Tag?«

Charlotte nickte. Verwundert blickte sie die Frau an, die völlig selbstverständlich mit ihr sprach, obwohl sie einander völlig unbekannt waren. Jamie, die seltsame Fremde.

»Mal daran gedacht, etwas anders zu machen? Einfach aus deiner Routine auszubrechen, etwas zu wagen?«

Charlotte holte tief Atem, aber dann sagte sie doch nichts. Sie zuckte mit den Schultern.

»Manchmal bleiben wir aus Angst auf der Stelle stehen«, sprach Jamie weiter und ignorierte, dass Charlotte ihr nicht antwortete. »Und vielleicht«, sie kicherte hinter vorgehaltener Hand, »fahren wir an Stationen vorbei, an denen wir hätten aussteigen sollen.«

»Warum sollte ich aussteigen, wenn ich ganz woanders hin will?« Charlotte runzelte die Stirn, hielt aber Blickkontakt mit Jamie, obwohl diese dunklen Augen jegliche Distanz zu überbrücken schienen, die Charlotte lieber aufrechterhalten hätte.

»Weil am anderen Ende der Sicherheit Freiheit liegt, Charlotte. Und nur wer Angst hat, will nicht frei sein.«

»Ich bin frei«, erwiderte sie.

Jamie lächelte, ein Mundwinkel höher als der andere. »Du bist nicht hinter Gittern. Das ist etwas Anderes.«

Jamie übte einen Sog auf Charlotte aus, der sie nicht losließ, der es unmöglich machte, sich von dem Gespräch abzuwenden oder auch nur aufzuhören, ihr in die Augen zu blicken.

»Aber du hast es bereits bemerkt, oder?«, fuhr Jamie fort. »Du weißt, wie sehr du feststeckst.«

»Aber wo stecke ich denn fest?«, flüsterte Charlotte.

»Irgendwo in diesem Zug, irgendwo auf dieser Linie. In derselben Zeit, am selben Ort. Aber nicht heute, stimmt's? Heute ist es anders. Vielleicht ist heute der perfekte Tag, eine Veränderung selbst in die Hand zu nehmen, statt ihr ausgeliefert zu sein?«

Charlottes Herzschlag brandete auf. In ihrer Brust hämmerte es und rauschte bis in ihre Ohren. Zwölf Uhr zwanzig fuhr der Zug ein. Neunzig Minuten Fahrt. Ausstieg am S-Bahnhof Spandau. *Ich stecke in neunzig Minuten fest.*

Sie schnappte nach Luft und krallte sich in den Sitz. Und je fester sie sich in den Sitz krallte, desto enger schloss sich auch ein Griff um ihr Herz. Verzweifelt pochte der kleine Muskel dagegen an, wand sich schmerzhaft hinter Charlottes Rippen.

»Aber was soll ich dann machen?«, keuchte sie. In Jamies Augen lag ein Funkeln.

»Aussteigen«, sagte sie sanft. »Steig einfach aus.«

»Wann?«

»Jetzt.«

Während ihr ganzer Körper starr war, wanderte nur ihr Blick hinauf. In giftgrünen Lettern, Gift, das Charlotte bitter auf der Zunge schmeckte, stand dort der Name der Station: Friedrichstraße.

»Aussteigen?«, wiederholte sie mechanisch, ohne Jamie anzusehen. Ihr Blick klebte an den Buchstaben.

Eine warme Hand auf ihrer Schulter. Kaum spürte sie die Berührung über ihrem rasenden Blut.

»Die Routine durchbrechen, Charlotte. Dich von deiner Angst freimachen. Steig aus und atme durch. Es ist deine Entscheidung.«

Steig aus.

Es war doch leicht. Keine neunzig Minuten. Dreißig. Dreißig Minuten, ausnahmsweise. Die Umgebung flackerte. Das Piepen, als die Bahn stehen blieb. S-Bahnhof Friedrichstraße. Eine Station in die Freiheit – wartete dort die Freiheit? Aufstehen, den Knopf drücken, einfach aussteigen. Aus der Routine aussteigen. Aus der Angst aussteigen.

Charlotte erhob sich. Die Musterung auf dem Boden wimmelte wie schwarze und graue Maden. Übelkeit kletterte ihren Hals hinauf. Ihre Finger waren schweißnass, als sie bebend den Knopf drückte. Die Türen öffneten sich mit einem Zischen. Luft drang in den Wagon.

Dreißig Minuten. Aussteigen.

Charlotte tat einen Schritt hinaus, taumelte, stützte sich mit den Handflächen auf den Knien ab und sog scharf die Luft ein.

Steig aus und atme durch.

Charlotte atmete. Eisig stand ihr der Schweiß auf der Haut, ihr lockerer Hoodie schien sich unter ihren Atemzügen zu dehnen, schlaff und vergessen hing das Kabel ihrer Kopfhörer um ihren Hals. Sie atmete – eins, zwei, drei – rhythmisch wie ihre Schritte auf einem bekannten Weg.

Eins, zwei, drei.

Sie lebte. Alles war gut. Charlotte richtete sich auf und blickte sich um. Weiß auf Blau stand es auf dem Schild: Friedrichstraße. Sie war ausgestiegen. Ihre Arme zitterten, aber sie stand aus eigener Kraft aufrecht. Nichts wie immer. Alles anders. Und doch alles gut.

Sie drehte sich um zu dem Zug, der jede Sekunde weiterfahren würde, wollte Jamie zuwinken und lächeln – aber als ihr Blick den Vierersitz fand, saß dort niemand. Jamie war fort, als hätte sie nie dort gesessen.

Charlotte war allein. Allein unter Millionen in Berlin, allein an der Friedrichstraße. Allein, ausgestiegen, frei.

Roland Ruether

WBS 70

Das Licht war hier anders. Das war ihm sofort aufgefallen. Sein Leben lang hatte er im Schein der Westberliner Quecksilberlampen verbracht. Die Natriumleuchtmittel, die in den Laternen im Osten der Stadt verwendet wurden, tauchten die Umgebung hier in ein völlig anderes Licht. Er hatte einmal gelesen, dass man den ehemaligen Grenzverlauf in Berlin bis heute aus dem Weltraum erkennen konnte. So leuchtete der Westen der Hauptstadt nachts bläulich-weiß, während der Ostteil durch die Natriumlampen gelblich schimmerte. Im tiefsten Inneren war er immer ein Kind des kalten Krieges geblieben. Berlin, zwei Großstädte Wand an Wand, das war die Realität, in der er aufgewachsen war – und seit frühester Kindheit war ihm eingetrichtert worden, dass er auf der richtigen Seite zuhause war. So hatte er auch nie einen Hehl daraus gemacht, dass die Berliner Mauer für ihn stets eine tragende Wand gewesen war und dass deren Fall ihn hart in seinem Weltbild getroffen hatte.

Auf den weitläufigen Grünflächen zwischen den Plattenbauten trauten sich jetzt, im Schutze der Dämmerung, die Hasen hervor. Auch das war ein Phänomen des kalten Krieges: Während im Westteil Berlins vor allem Kaninchen die Parkanlagen bevölkerten, so lebten hier, in den Plattenbausiedlungen am Ostrand der Stadt, auch dreißig Jahre nach dem Fall der Mauer noch immer überwiegend

Hasen. Man blieb eben gern unter seinesgleichen. Das hatte auch für ihn gegolten. Bislang hatte er nie das Bedürfnis verspürt, weiter als unbedingt nötig in den Ostteil der Stadt vorzudringen. Und dann war es doch geschehen.

Sie hatte ein schwarzes *Lonsdale*-T-Shirt getragen, hatte ausrasierte Augenbrauen, trank *blauen Würger* und rauchte *Duett Format 100*. Mehr Osten ging nicht. Für diese Frau würde ein Jägerschnitzel immer nur eine panierte Scheibe Wurst sein. Das heißt, jetzt nicht mehr, denn sie war ja tot.

Er hatte sie in einer ziemlich heruntergekommenen Eckkneipe aufgerissen. Irgendwo. Er konnte sich nur noch daran erinnern, dass überall »Eisern Union!« gegrölt worden war, also musste es wohl schon irgendwo im Osten gewesen sein. Keine Ahnung, wie er dort hingekommen war. Am Anfang hatte die Frau ihn nicht sonderlich interessiert. Doch mit der Zeit hatte er registriert, dass seine Blicke immer wieder zu ihr hinüber wanderten. Irgendetwas an ihr hatte ihn angesprochen. Vielleicht waren es die vielen Widersprüchlichkeiten in ihrer Person. Ihr mit der rechten Szene kokettierendes Outfit schien so gar nicht zu den langen, femininen *Duett 100* zu passen, die sie rauchte und die damals in der DDR beinahe so viel wie West-Zigaretten gekostet hatten.

Auch sonst schien einiges merkwürdig an ihr. Nachdem sie schließlich ins Gespräch gekommen waren, hatte er nur noch einen Wunsch: Sie flachzulegen. Er hatte noch nie mit einer Ost-Frau geschlafen, bisher auch nie das Bedürfnis danach verspürt, aber jetzt wollte er es unbedingt.

Tatsächlich hatte sie ihn dann mitgenommen, in ihre Wohnung in Hohenschönhausen, einem der trostlosesten Orte, die er je gesehen hatte. Hier, wo es nichts als Ost-Platten zu geben schien, sah es eher nach Moskau oder Nowosibirsk denn nach deutscher Hauptstadt aus. Ihre Wohnung dagegen hatte er kaum wahrgenommen. Eigentlich hatte er nur möglichst schnell mit ihr ins Bett gewollt. Doch sie hatte ihn hingehalten, wollte weiter trinken und holte erst einmal

Nachschub aus dem Kühlschrank. Also soffen sie weiter, und je mehr sie intus hatte, desto mehr begann sie, ihm auf die Nerven zu gehen. Seine Lust auf Sex mit ihr war längst wieder verflogen.

Irgendwann hatten sie dann beide zu viel Kristall-Wodka getrunken – *die DDR-Legende, nun mit neuer Rezeptur* – und dann hatte er ihr den schweren Marmor-Aschenbecher, randvoll mit ihren Duett-Kippen, über den Schädel gezogen. Es war nicht so geplant gewesen, die Alte hätte einfach nur still sein sollen. Jetzt war sie tot und er wusste nicht, was er tun sollte.

Er war betrunken und wollte nur noch nach Hause. Nachdem er im Rahmen der Möglichkeiten seine Fingerabdrücke aus ihrer Wohnung entfernt hatte, hatte er beschlossen, so schnell wie möglich in Richtung Westen zu fahren. Wenn er erst Bahnhof Friedrichstraße passiert hätte, würde er sich sicher fühlen. Auch wenn die Teilung der Stadt längst Geschichte war, baulich dort heute nichts mehr an den Grenzübergang erinnerte und das ganze Hipster-Pack den angeschlossenen Tränenpalast bestenfalls noch als Venue für Events begreifen konnte – für ihn war der Bahnhof Friedrichstraße noch immer ein imaginärer Ort des Übergangs in eine andere Welt. In seine Welt. Westberlin.

Erst als er sich einen Fahrschein am S-Bahn-Automaten ziehen wollte – er wollte schließlich nicht unnötig auffallen –, hatte er gemerkt, dass seine Brieftasche weg war. Die Alte musste sie ihm aus der Tasche geklaut haben, als er, noch in Erwartung unverbindlichen Geschlechtsverkehrs, nur in Unterhosen bekleidet ihre Toilette aufgesucht hatte. Verdammtes Miststück!

Natürlich war er sofort zurückgelaufen. Gar nicht mal so sehr des Geldes wegen, er hatte ohnehin kaum noch welches im Portemonnaie gehabt. Was sich jedoch darin befand, waren seine ganzen Papiere: Personalausweis, Führerschein – die Alte hätte »Fahrerlaubnis« gesagt – und sogar sein Sozialversicherungsausweis, den er gewohnheitsmäßig bei sich trug, für die seltenen Fälle, in denen er mal als Tagelöhner in der Gastro oder auf dem Bau arbeitete. Er versuchte, sich das hämische Grinsen der Bullen vorzustellen, wenn sie neben der Leiche praktischerweise auch gleich seinen Namen samt Anschrift fanden.

Zwei Stunden lang war er nun schon durch dieses trostlose Plattenbaughetto gelaufen. Obwohl er sogar – aus welchem Grund auch immer – ihren Schlüssel mitgenommen hatte, war er dennoch völlig hilflos. Er hatte ihre Scheißwohnung nicht mehr wiedergefunden. Hier sah einfach alles gleich aus. Ein Meer von trostlosen WBS-70-Arbeiterschließfächern, die einander glichen wie ein Ei dem anderen. Überall die gleichen Wohnblöcke mit den gleichen Haustüren und Treppenhäusern. An den Klingeln der austauschbaren Eingänge überall die gleichen vermeintlich deutschen Namen, wie Müller, Bredow, Marotzke oder Panteleit, nichts orientalisch Klingendes auf jeden Fall. Hier war AfD-Land. Er musste unwillkürlich an die Hasen denken, man blieb eben gerne unter sich.

Nach zwei Stunden hatte er jedenfalls aufgegeben. Er befand sich in einer 360-Grad-Sackgasse, und das in der Stadt, in der in jeder Richtung Osten war. Sie würden ihn in jedem Fall kriegen, er würde keine Chance haben, seinem Schicksal zu entfliehen. Wie zum Trotz stand er jetzt wieder am Bahnsteig der S-Bahn, wartete auf die S 75 in Richtung Friedrichstraße und schaute auf die gar nicht mehr so neuen »Neubauten«, die im Schein der Natriumlampen so anders schimmerten als im Westen.

Mika Weld

Geschichten über Liebe, Lügen und Tod

Ein Kreuzberger Altbau, Endpunkt von mittlerweile dreieinhalb Wochen hoffnungsfroher Recherche, forderte meine Erwartungen heraus. Während ich die hohlen Treppenstufen erklomm, fragte ich mich, welche 98-jährige Frau diesen Ort ihr Heim nannte – eine Wohnung, verborgen im fünften Stockwerk eines Berliner Hinterhauses, wo es dunkel und muffig war und der Putz von den Wänden bröckelte. Weder Fahrstuhl noch Treppenlift, nicht einmal eine Rampe ließ sich finden – die Antithese zu jeder Altersresidenz, die ich je zu Gesicht bekommen hatte.

Ja, selbst mir, einer Pilates-begeisterten Mitvierzigerin, machte der Aufstieg zu schaffen und so war ich regelrecht erleichtert, endlich ein schmutzig-goldenes Klingelschild mit der Aufschrift *Hirschfeld* vor mir zu sehen. Unumwunden presste ich den Klingelknopf. Der durchdringend schrille Ton, den die rostige Schelle hervorbrachte, ließ mich zusammenfahren. Offenbar legte es das abgetakelte Gebäude darauf an, mich oder vielmehr jeden Besucher abzuschrecken. Doch ich blieb standhaft, begann sogar zu schmunzeln, als der schaurige Klang schleifender Schritte hinter der hellhörigen Wohnungstür hervordrang, und das befremdliche Ambiente auf die Spitze trieb.

Die Belustigung stand mir noch immer auf den Lippen, als die Tür sich schließlich öffnete und der Kopf einer sichtlich betagten Dame dahinter erschien – das Gesicht schrumpelig, die Mundwinkel tief im Kinn versunken, das weiße Haar akkurat aufgesteckt. Dies also musste Frau Hirschfeld sein.

»Sind Sie die, die mich angerufen hat?«, fragte sie mit rauer Stimme, noch ehe ich eine Begrüßung hatte hervorbringen können. Ich nickte eilig. »Die Schuhe aus. Eher lasse ich Sie nicht herein.«

Mit Argusaugen beaufsichtigte sie, wie ich mich aus meinen engen Stiefeletten pellte. Erst, als ich auf Socken in dem staubigen Hausflur stand, ließ sie ihren Gehstock eine einladende Geste vollführen.

»Ich danke Ihnen sehr, dass Sie mich empfangen, Frau Hirschfeld«, sagte ich höflich und trat über die Schwelle.

»Fräulein!«

»Wie bitte?«

»Es heißt *Fräulein* Hirschfeld – ich war nie verheiratet. *Frau* Hirschfeld ist meine Mutter.«

»Ihre Mutter ist noch –«

»– am Leben? Gehört es zu Ihrem Beruf, derart dumme Fragen zu stellen?«, krächzte die Greisin schrill, während sie durch die knarzende Diele voran schlurfte. »Lassen Sie das. Meine Zeit ist mir zu schade für derlei Unfug.«

Ein streitsüchtiger Charakter also, konstatierte ich stumm und ermahnte mich, besser früher als später zu begreifen, es mit einer unberechenbaren Gesprächspartnerin zu tun zu haben. Vermutlich wäre es ganz egal, was ich in den kommenden Minuten tun, sagen oder unterlassen würde – insofern ihr der Sinn danach stand, würde sie alles und nichts als Provokation auffassen.

Vorerst beschränkte ich mich darauf, unauffällig ihre Wohnräume zu mustern und kam schnell zu dem Schluss, dass ich allein darauf hätte Stunden verwenden können. Die Zeit war stehengeblieben an diesem Ort, seit mindestens einem halben Jahrhundert. Davon zeugten die wuchtigen Samtvorhänge, das massive Vorkriegsmobiliar, eine floral gemusterte Tapete, die hier und da von den Wänden zu blättern begann, ausgefranste Bücher wohin man blickte, dazu ein ausgestopfter Nerz und eine abgenutzte Schneiderpuppe. Wie in einem Museum erwartete ich neben jedem Objekt ein Informationstäfelchen vorzufinden.

In der Mitte des Salons, in den sie mich führte, standen drei altmodische, senfgelbe Cocktailsessel. Die alte Dame bedeutete mir, Platz zu nehmen.

»Einen herrlichen Strauß Blumen haben Sie da«, wagte ich mit Fingerzeig auf ein farbenfrohes Arrangement, das auf dem Fensterbrett stand, zu bemerken.

»Sie sagen *Blumen*, dabei sind es Hortensien«, spie sie. »Von den Nachbarn. Sie schleppen jede Woche einen Bund an.«

»Wie nett«, säuselte ich, bemüht, ihre Gunst zu gewinnen. »Solche Nachbarn wünscht man sich. Sie sorgen sich also um Sie?«

»Aber freilich tun sie das. Was haben Sie sich vorgestellt? Dass ich selbst in den Laden gehe und alles Notwendige hinauftrage? Ich will Ihnen etwas sagen: Ich habe diese Räume seit fünfzehn Jahren nicht verlassen.«

Ich nickte ehrfürchtig. »Wie lang wohnen Sie schon hier?«

»Lassen Sie mich sehen – 1949 bin ich eingezogen. Es werden wohl ... einige Jahre sein.« Sie schüttelte ärgerlich den Kopf, da es ihr offenkundig misslungen war, die Differenz der Jahre an ihren beringten Fingern abzuzählen. »Es spielt auch eigentlich keine Rolle«, begann sie ausweichend zu schimpfen. »Denn mindestens so sehr wie ich an sie, ist diese Wohnung an mich gebunden. Die meisten Menschen sind dumm, wenn es um Mietvereinbarungen geht. Sie meinen, es handle sich um den normalen Gang der Dinge, wenn Verträge zum Vorteil bloß einer Partei geschlossen werden. Aber ich bin nicht dumm, hören Sie, bin es nie gewesen. Dieses Haus werde ich erst mit den Füßen voran verlassen. Das habe ich unterschrieben. Der heutige Eigentümer sähe dies freilich lieber früher als später geschehen. Die Mieterschaft dagegen ist umgekehrter Meinung.

Mögen sie nun zu dumm oder zu faul sein, selbst einem Eigner die Stirn zu bieten – sie sind sich jedenfalls nicht zu schade, vor mir zu katzbuckeln.« Mit geschürzten Lippen wandte sie sich abermals dem Strauß Hortensien zu. »Sie sehen, die werten Nachbarn haben ihre ganz eigenen Gründe, in jeder Hinsicht gut für mich zu sorgen. Nettigkeit wenigstens hat nichts damit zu tun.«

Nachdem sie geendet hatte, räusperte sie sich lautstark und strich einige Male über den silbern bestickten Rock, der steil über ihre spitzen Knie fiel. Überhaupt war ihre Garderobe von auffälliger Eleganz – ein cremefarbenes Ensemble, bodenlang, mit einem ovalen Ausschnitt über der Brust. Eine ungewöhnliche Aufmachung, zumal wenn man bedachte, dass sie nicht vorhatte, jemals wieder das Haus zu verlassen. Dennoch stand die aufwändig gearbeitete Robe ihr so natürlich an, wie Jeans und Bluse mir.

Ihre Tirade, so hoffte ich, hatte das Eis zwischen uns gebrochen. Ich verzichtete daher auf weiteres Geplänkel und kam auf den eigentlichen Grund meines Besuchs zu sprechen. »Wie ich Ihnen schon am Telefon erklärt habe, betreue ich die Roman-Bonnie-Stiftung. Er war über Jahre mein Mentor und ich habe bis zu seinem Tod im vergangenen Jahr für ihn gearbeitet. Momentan bereite ich seinen Nachlass auf, um hoffentlich im nächsten Frühjahr eine Ausstellung arrangieren zu können, die seine Biografie und Fotokunst miteinander verschmelzen –«

»Warum erzählen Sie mir das?«, schnitt Fräulein Hirschfeld meine Erläuterungen harsch ab. »Ich habe nichts mit Kunst am Hut. Ich halte nichts davon und kenne auch diesen Menschen nicht, habe noch nie von ihm gehört.«

»Ich glaube aber doch«, widersprach ich und zog aus meiner Tasche jenes Fundstück hervor, das mich nach Kreuzberg geführt hatte. »Sehen Sie. Meine Vermutung ist, dass diese Fotografie von 1937 Sie zeigt.«

Die alte Dame nahm sie hochmütig entgegen und musterte sie widerwillig – die Lippen spitz, die Lider argwöhnisch gesenkt. Nach wenigen Augenblicken aber sah ich ihre harten Züge sich erweichen. Sie schlug die Hand ans Herz und sprach aufgebracht: »Wie konnten Sie mir vorenthalten, dass Sie im Besitz eines Abzuges sind? Sie hätten ihn mir unverzüglich zeigen müssen!«

Ich überhörte ihre Anklage und versicherte mich: »Sie sind es also? Die junge Frau auf der Fotografie?«

»Ja, ich bin es – einen Tag vor meinem achtzehnten Geburtstag, am Ferngleis der Station Friedrichstraße.«

Mein Fuß begann freudig auf und ab zu wippen. Ich hatte also tatsächlich die richtige Frau aufgespürt. Dutzende Fragen lagen mir auf der Zunge. Doch ich hielt mich zurück, musterte abwartend meine plötzlich zahm gewordene Gastgeberin. Immer wieder murmelte sie: »Dieser Tag ... dieser Tag«, und strich zuweilen mit zittrigen Fingern über die verblichene Szene, die sie jung und sorglos zeigte; mit einem herausfordernden Lächeln auf den Lippen, in ein Kleid gehüllt, das nicht minder schön war als jenes, das sie in diesem Moment trug.

Es war eine gelungene Fotografie. Roman hatte es verstanden, das Bahnhofsgewimmel auf eine Weise einzufangen, dass es ihre mädchenhafte Aura umspielte wie ein grauer Tag eine einsame weiße Wolke. Umso mehr brannte ich darauf, die Geschichte hinter dem Bild in Erfahrung zu bringen. Denn eine mitreißende Geschichte war es, nach der ich auf der Suche war. *Der Erfolg jeder Ausstellung hängt letztlich an den Geschichten, die sie erzählt,* hatte mir ein befreundeter Kurator mit auf den Weg gegeben. *Am besten solche über Liebe, Lügen und den Tod.*

Dies war mein erster Ausflug in die Welt der Sensationslust. Ich fühlte mich noch nicht vollends wohl dabei, aber das karge Budget der Stiftung verlangte danach. Es galt Financiers und Förderer zu überzeugen. Meine ganzen Hoffnungen ruhten daher auf Fräulein Hirschfeld und ihren Erinnerungen, in die sie noch immer tief versunken schien.

»Erzählen Sie mir davon – von dem Tag?«, wagte ich schließlich zu fragen.

Und wirklich schien es so, als ließe das Relikt aus vergangenen Zeiten sie ihre mürrische Verschlossenheit für den Moment vergessen. »Es war August und warm«, begann sie. »Zu warm für die Stadt, weswegen wir einen Ausflug ins Umland vorhatten. Meine Cousinen fuhren auch schließlich. Ich aber nicht. Denn ein Herr hatte mich vor dem Eingang zum Bahnhof angesprochen und mich darum gebeten, etwas Zeit für ihn zu erübrigen. Er bat mich ins Innere, weil dort das Licht so herrlich durch die Fenster fiele. Er machte Fotos von mir und lobte mein Kleid. Er hatte ja ein so vortreffliches Verständnis für alles Schöne.« Ein tiefer Seufzer entfuhr ihr, ehe sie träumerisch fortfuhr: »Als ich ihm verriet, es sei ein eigener Entwurf, den ich trug, kamen wir sofort über die Gesetze der Ästhetik ins Gespräch. Es war ganz außergewöhnlich, aber er vermochte es, all die Dinge, die so lange ungesagt meine Gedankenwelt bewohnt hatten, in Worte zu fassen.«

Es bestand nun kein Zweifel mehr: der Mann, von dem sie sprach, konnte kein anderer als Roman Bonnie sein. Denn dessen rhetorische Eskapaden über ästhetische Prinzipien kannte ich nur zu gut. Jahrein, jahraus war ich Zuhörerin seiner lehrreichen, aber zuweilen ermüdenden Monologe gewesen. Fräulein Hirschfeld jedoch geriet darüber ins Schwärmen, als stünde sie meinem einstigen Mentor in seiner Obsession für derlei Dinge in nichts nach. Und wie er, empfand wohl auch sie jeden Menschen, der ihren extravaganten Enthusiasmus nicht teilte, als ärgerliche Störung. Auch Roman war ein Egomane gewesen – ein sozialverträglicher allerdings. Die exzentrischen Auswüchse dieser Dame hingegen, so vermutete ich, hatte ihr das Leben kaum zurechtgestutzt.

»Er lud mich ins *Café Victoria* ein«, setzte sie ihre Erzählung fort. »Ein besonderer Ort mit besonderen Menschen, eine Offenbarung für meinen so isolierten Verstand, dem sich nie jemand zu nähern verstanden hatte. Er aber war anders. Keine Spur jener Verwirrung, die alle Welt befällt, sobald ein wacher Geist ihre anspruchslose Existenz herausfordert. Er stierte auch nicht nach meinem Dekolleté, wie es die Herrenwelt sonst bei jeder Gelegenheit zu tun pflegt. Er war ein aufmerksamer Zuhörer, ein Liebhaber meiner Kreationen, ein Würdiger meiner Fertigkeiten. Wir ergänzten einander so formidabel. Wären wir doch nur früher aufeinandergetroffen. Aber so – es war ein tragischer Zeitpunkt. Seine Verlobung ...«, endete sie und verlor sich starrend in den Symmetrien der Blumentapete.

Ihre Wehmut war offenkundig und ein Teil von mir fühlte mit der unglücklich Verliebten. Meine zappelnden Füße jedoch spornten mich erneut an, nicht locker zu lassen. Ich versuchte mich an einer Schmeichelei: »Sie sind also wirklich dem jungen Roman Bonnie begegnet. Das ist wahrlich eine Sensation. Vielleicht waren Sie sogar sein erstes Fotomodell.«

Sie hielt mich noch für einige starre Sekunden hin, ehe sie begann, ihren elegant frisierten Kopf zu schütteln. »Nein – nein, so ist es nicht gewesen. Ihnen ist ein Fehler unterlaufen. Wie ich bereits sagte, kenne ich diesen Menschen nicht, von dem Sie sprechen.«

Ich stutzte. »Aber, Fräulein Hirschfeld –«

»Ich kenne ihn nicht! Der Mann, der diese Fotografie zu verantworten hat, war ein anderer – der höflichste, zuvorkommendste, aufmerksamste Mann, den diese Welt kennt. Sein Name ist Reinhard Koch und er ist nicht tot!« Sie sagte dies mit solcher Inbrunst und in der unbedingten Überzeugung, es wäre wahr, dass es mich umso mehr schmerzte, ihren Irrglauben durchkreuzen zu müssen.

»So leid es mir tut, aber es handelt sich durchaus um denselben Mann.« Ich atmete tief, ehe ich leidvoll fortfuhr: »Roman Bonnie ist ein *nom de plume*. Ich bin untröstlich, dies nicht früher erwähnt zu haben.«

Das greise Fräulein aber blieb stur. Ihr Blick zeugte von keinerlei Einsicht und als ich fragte, wann sie und Roman sich zuletzt begegnet wären, schnaubte sie ärgerlich. »Mir scheint, Sie haben mir gar nicht zugehört. Er war verlobt! Ich bin eine anständige Frau. Selbstverständlich habe ich mich im Hintergrund gehalten.«

Ich war unsicher, was dies bedeuten sollte – etwa, dass die Wege der Schneiderin und des Fotografen sich nur dieses eine Mal gekreuzt hatten?

Ich zog eine zweite Fotografie hervor, um meine Hypothese auf die Probe zu stellen. »Dies ist eine Porträtaufnahme von Roman. Er ist darauf 76 Jahre alt. Kommt er Ihnen bekannt vor?«

»Du meine Güte«, lautete ihre unverzügliche Reaktion. »Sollte er es tatsächlich sein, hätte er sich doch sehr verändert.«

»Nun – ja, die Jahrzehnte werden nicht spurlos an ihm vorübergegangen sein«, kommentierte ich ratlos. »Was geschah nach diesem Tag im August 1937? Würden Sie es mir erzählen?«

Sie wandte den Kopf ab. Abermals aus Starrsinn, wie ich zunächst annahm.

Dann aber begann sie mit zittriger Stimme zu berichten: »Wenn man wartet, vergeht die Zeit wie im Fluge, wissen Sie? Ich lebte in der Hoffnung, dass er doch noch eines Tages vor der Tür meines Elternhauses stünde. Nach dem Krieg sah ich Todes- und Vermisstenlisten durch. Es waren bange Stunden, die ich vor den überlaufenen Aushängen verbrachte. Tausende und tausende von Namen standen darauf, seiner aber war nicht darunter. Ich durfte weiter hoffen; darauf, dass wir uns zufällig über den Weg laufen oder er in mein Ladengeschäft einkehren würde. Vor sechzehn Jahren passierte ich zuletzt den Bahnhof an der Friedrichstraße. Es war auch das letzte Mal, dass ich nach ihm Ausschau hielt.«

»Warum haben Sie denn nie den Versuch unternommen, ihn aufzuspüren?«

»Sie scheinen es nicht zu begreifen«, quittierte sie meine vermutlich abermals *dumme* Frage. »Ich sagte doch, er war verlobt. Die Hochzeit stand kurz bevor. Niemals hätte ich mich ihm unter diesen Umständen aufgedrängt. Leuten wie Ihnen mag ein Eheversprechen vielleicht nichts bedeuten. Ich aber respektiere es!«

»Ich verstehe«, entgegnete ich kleinlaut, ehe ich zu einer weiteren Enthüllung ansetzte. Ich wusste nicht, ob es richtig war, es der alten Frau zu offenbaren. Doch es kam mir gleichermaßen falsch vor, es nicht zu tun. Und natürlich musste ich auch an meine Recherche für die Ausstellung denken, redete ich mir ein.

»Roman Bonnie war nie verheiratet, müssen Sie wissen. Und ich weiß auch von keiner Verlobung«, eröffnete ich ihr nach einigem Zögern.

»Sehen Sie, ein Beweis mehr, dass Ihr Herr Fotokünstler nicht derjenige ist, mit dem ich bekannt bin.« Die letzten Silben kamen ihr nur schluchzend über die Lippen. Im nächsten Augenblick erhob sie sich ungelenk und wankte zum Fenster hinüber, wo der Strauß Hortensien unbehelligt blühte.

Sie tat mir leid. Es schien, als hätte sie sich Jahr um Jahr in der Abgeschiedenheit ihrer noblen Räumlichkeiten verborgen, Leib und Geist mühevoll zusammengehalten, um bereit zu sein für jenen unbestimmten Tag, da das Schicksal sie und ihren Geliebten schließlich doch noch vereinen würde.

»Eigentlich ist es eine Ungeheuerlichkeit, die Sie sich hier erlauben«, unterbrach Fräulein Hirschfeld jäh meine Gedanken. »Kommen zu mir und erklären mein ganzes Leben zu einem Witz, zu einer Lüge. All die Lebensjahre einfach so dahin.«

»Das war sicher nicht meine Absicht, Fräulein Hirschfeld. Als ich darum bat, Sie zu sprechen, konnte ich nicht ahnen, dass –«

»Es schert mich einen feuchten Kehricht, was Ihre Absichten waren«, fauchte sie, sodass ihre kratzige Stimme sich überschlug. Zornig funkelnd und bei jedem Schritt auf ihren Gehstock gestützt, kehrte sie zurück zu der kleinen Sesselgruppe. Ihr Kopf zitterte und eine Strähne ihres weißen Haares war ihr in die knittrige Stirn gefallen. Mit einem Mal schien aus ihr jene tattrige, fast hundertjährige Frau geworden zu sein, die ich ursprünglich erwartet hatte zu treffen.

»Nun ist alles, das mir bleibt, dieser Abzug«, hauchte sie und streckte ihre Hand nach der Fotografie aus, die sie auf einem niedrigen Beistelltisch abgelegt hatte. Ich reagierte geistesgegenwärtig und griff ebenfalls danach.

»Was? Sie wollen ihn mir nicht überlassen?«

»Das kann ich nicht, Fräulein Hirschfeld. Es handelt sich um Eigentum der Stiftung. Ich kann da leider gar nichts machen.«

Der Mund der alten Frau verzog sich zu einem strengen Strich. Sie weigerte sich, die Fotografie loszulassen, sodass ich keine Wahl hatte, als mir diese durch einen heftigen Ruck anzueignen.

»Sie sollten jetzt wohl gehen«, forderte sie und blickte finster in Richtung der Diele.

Ich nickte, sammelte auch das Porträtfoto ein und fand, von Fräulein Hirschfeld mit Nichtbeachtung gestraft, selbst hinaus. Als die Wohnungstür dumpf hinter mir ins Schloss fiel, fühlte ich mich seltsam aufgekratzt.

Ich zog meine Schuhe an und fand auf meinem Weg hinab langsam in die Realität zurück. Mir kam in den Sinn, dass die Geschichte, die Roman Bonnie und Fräulein Hirschfeld verband, so außergewöhnlich wie absurd war – zu absurd, um von einem unbeteiligten Publikum für wahr gehalten zu werden.

Ein Telefonat mit meinem Bekannten, dem Kurator, am nächsten Morgen bestätigte diese Vermutung. Ich würde im Nachlass etwas finden müssen, das Fräulein Hirschfelds Darstellung stärkte.

»Verlier nicht den Fokus«, ermahnte er mich. »Es geht um Bonnie, nicht um eine Eremitin und ihr verfehltes Leben. Du brauchst seine Perspektive: Was diese Begegnung für ihn bedeutet hat, warum er gelogen hat, ob das eine Masche von ihm war? Das wäre was! Bisher stehst du mit leeren Händen da.«

Als ich den Hörer auflegte, war jene Nervosität zurückgekehrt, mit der ich am Tag zuvor die Kreuzberger Wohnung verlassen hatte. Nun aber hatte sie einen persönlichen Charakter angenommen. Mochten meine Hände auch leer sein, ich hatte etwas angestoßen, das sich nun nicht mehr umkehren ließ, und vor dem ich mich am liebsten verkrochen hätte.

Kurz vor ihrem Ende war ich in das Leben der alten Frau eingedrungen und hatte eine Traumwelt zum Einsturz gebracht, die acht Jahrzehnte ihre Wirklichkeit gewesen war. Ich hatte ihr den

Dolch schrecklicher Gewissheit zwischen die Rippen gejagt und hätte wohl ebenso gut einen echten nehmen können. Denn ihr Schmerz, so musste ich befürchten, würde durch nichts mehr zu stillen sein. Bonnie war tot und Zeit blieb auch keine mehr.

Um meine Seele zu erleichtern, setzte ich einen Brief an Fräulein Hirschfeld auf, in dem ich mich entschuldigte, ungefragt in ihr Leben getreten zu sein. Erst nachdem ich diesen eingeworfen hatte, fühlte ich mich befreit genug, wieder an die Arbeit zu gehen und trat den Weg in Bonnies alte Wohnung an, in der die Berge an Fotografien, Korrespondenzen, krakeligen Notizen und Konzeptzeichnungen mich empfingen, wie ich sie zurückgelassen hatte. Heute aber machte ich mich nicht daran, sie grob nach ihrer Relevanz für die Ausstellung zu ordnen. Stattdessen suchte ich gezielt nach persönlichen Aufzeichnungen aus dem Jahr 1937. Immerhin bestand die Möglichkeit, dass sich doch noch ein Hinweis auf den Blickwinkel meines verstorbenen Mentors fände; nicht nur um der Ausstellung, auch um Fräulein Hirschfelds Willen.

Zwei fruchtlose Wochen vergingen, ehe ich meine Suche, die Züge der Besessenheit angenommen hatte, aufgab. So schwer es mir auch fiel, ich würde die Geschichte ruhen lassen müssen, um mich nicht gänzlich darin zu verlieren. Die Umstände allerdings, in die ich mich so unbedarft verstrickt hatte, hatten anderes mit mir vor.

Zwei Ereignisse vereitelten meinen gutgemeinten Vorsatz. Zunächst erreichte mich unerwartet Post aus einem Seniorenstift, in der man mir mitteilte, dass Frau Hirschfeld nicht in der Verfassung sei, mir schriftlich zu antworten, man sich aber herzlich über einen Besuch von mir freuen würde – zumal die betroffene Bewohnerin keinerlei Angehörige hätte.

Ich entnahm daraus, dass Fräulein Hirschfelds Entschluss, den Kreuzberger Altbau erst mit den Füßen voran zu verlassen, gescheitert war. Stattdessen weilte sie nun in einem Altenheim und hasste es dort vermutlich. Ich musste annehmen, dass mein fataler Besuch bei ihr daran nicht gänzlich unschuldig war. Die Gewissensbisse, die ich soeben begonnen hatte, von mir zu schieben, kehrten unverzüglich und mit noch größerer Heftigkeit zurück.

Wenige Tage darauf ließ mich das Schicksal ein weiteres Mal wissen, dass es nicht vorhatte, mich von der Leine zu lassen. Unter einem Turm amerikanischer *Architectural-Digest*-Magazine aus den Fünfzigern fand ich jene persönlichen Notizen, nach denen ich zuvor an jedem plausiblen Ort gesucht hatte. Ich zögerte zunächst, darin zu blättern. Getrieben von Neugier und Pflichtbewusstsein tat ich es schließlich dennoch.

Mutter hatte recht, waren die ersten Worte, die der junge Roman Bonnie dort verewigt hatte. *Der Umgang mit Frauen gebietet Vorsicht. Ich darf mir dahingehend keine Illusionen machen. Sie bilden sich zu viel ein, besitzen keinen Sinn für Unverbindlichkeit. Vermutlich ist es ihr Mangel an Freiheit, der sie zu derart abhängigen Wesen formt. Zwar besitzen sie Passionen und Können, sind jedoch außerstande, die nötige Distanz zu allen und allem zu wahren. Ein nettes Wort, eine höfliche Einladung genügt, und ihre Finger fummeln an deinen Manschetten wie klebrige Spinnenbeine.*

Dass es ihre unzulängliche Freiheit ist, die sie so unsympathisch werden lässt, beweist schon das Mittel, durch das sie sich mit relativer Zuverlässigkeit auf Abstand halten lassen und das ich an dieser Stelle nicht unerwähnt lassen will. Mann braucht dazu lediglich die eigene Unfreiheit anzuführen. Denn nichts fühlen diese armen Wesen sich mehr verpflichtet als ihr. Eine rechtlich verifizierte Verbindung zu einer Verlobten, der Heeresleitung, einem Dekan, am besten aber einer Ehefrau eignen sich prächtig. Auf diese Weise habe ich mich bereits aus so mancher Affäre gezogen. Ich mag die Lügerei nicht, sehe aber keinen anderen Weg, unbehelligt mit dem anderen Geschlecht zu verkehren.

»Wenn du doch nur wüsstest, was du angerichtet hast, du alter Narr«, flüsterte ich vor mich hin, schleuderte das Büchlein in eine Ecke und fand mich bereits am nächsten Tag in jenem Seniorenstift wieder, der sich so *herzlich* über meinen Besuch freute.

Eine Schwester führte mich zu Fräulein Hirschfeld, die, das Haar in Unordnung und gehüllt in ein gewöhnliches Fleecejäckchen, kaum wiederzuerkennen war. Sie schien ihres ganzen Zaubers beraubt. Die elegante Staffage war fort, die stolze Dame jener Zeit entrissen, in der sie sich so säuberlich konserviert hatte. Es war, als hätte die Nachricht über den Tod ihres Geliebten auch sie sterblich werden lassen.

»Guten Tag, Fräulein Hirschfeld«, begrüßte ich sie schließlich und rückte einen Stuhl an die Seite ihres höhenverstellbaren Bettes. Sie blickte stur geradeaus aus dem Fenster. Erst als erneut eine Schwester eintrat, löste sich ihre Versteinerung.

»Möchten Sie Ihrer Großmutter Zöpfe flechten?«, fragte die Pflegerin an mich gerichtet und hielt mir eine Schachtel mit Haarschmuck unter die Nase, der ohne Ausnahme dem Geschmack eines zehnjährigen Mädchens zu entsprechen schien.

»Ich denke, wir verzichten«, antwortete ich, nachdem ich bemerkt hatte, dass Fräulein Hirschfeld sich unverzüglich wieder dem Fenster zugewandt hatte. Die Schwester zuckte die Schultern und zog ab.

»Ich komme, um Ihnen zu sagen, dass die Ausstellung nicht zustande kommen wird. Es sind Dinge geschehen ...«, setzte ich an, ohne den Satz zu beenden. »Nun, ich denke ganz einfach, die Welt hat Roman Bonnie lang genug ihre Aufmerksamkeit geschenkt. Meinen Sie nicht auch?«

Ich hoffte sehr, sie würde meine Worte richtig verstehen. Wissen konnte ich es nicht, denn sie wandte sich mir nur stumm zu.

Katharina Stein

Es ist einmal

Das hier ist kein Märchen. Kein Prinz reitet auf seinem Schimmel die Einkaufsstraße entlang. Die einzigen Tiere dort sind Gossenratten, Handtaschenkläffer und Gäule, die Touristenkutschen ziehen. Keine böse Hexe muss besiegt, kein Schloss von einem Fluch befreit werden. So etwas wie Bestimmung gibt es nicht. Nicht in dieser Stadt, die fern jedes Zaubers liegt.

Ihre Absätze klackern über den Asphalt, spielen einen Rhythmus, der mit einem Mal den ganzen Bahnsteig in ein anderes Licht taucht. Ein rotes Kleid umspielt ihre Silhouette. Ein Scherenschnitt aus einer anderen Welt, der ein Stück Realität überklebt. Das hier ist kein Märchen, doch wer sie sieht, könnte fast daran glauben.

Sie schaut dir direkt in die Augen, wenn du nicht früh genug wegsiehst. Wie eine Fürstin, die ihre Untertanen mustert und dabei wohlwollend lächelt. Für sie ist diese Welt eine Bühne, auf der jede Bewegung bewusst geschehen muss, als würde sie jede Sekunde anfangen, zu tanzen. Tango oder Ballett, irgendetwas, wo ein Schwung mit der Hüfte oder eine leichte Beugung der Knie die ganze Stimmung verändern konnte. Hätte es nur Musik gegeben, vielleicht hätte ich mich dann vor ihr verbeugt, wie in einem jener alten Spielfilme, und ihr die Hand gereicht. U-Bahn-Tango, keine Namen, kein gesprochenes Wort. Aber die einzige Musik ist ein schon halb erahntes

Despacito, das die nächste U-Bahn betreten wird. Ich weiche ihrem Blick aus.

Hier gibt es kein Schicksal. Keine Prophezeiung wird ausgesprochen, denn hier gehört der Mensch nur sich selbst. Es gibt die Wölfe, die Verschollenen und die Verfluchten, doch all das sind nur Seelenfragmente, die es nicht bis an die Oberfläche schaffen. Das wahre Wesen der Dinge bleibt unsichtbar, verschollen hinter Wangenschatten, Basecaps und Mascara.

Seine Füße sind wie mit dem Boden verwurzelt. Er ist ein Fels, verwachsen mit dem Betongrau des Bahnsteigs, den nichts und niemand gegen seinen Willen bewegen kann. Es ist nur allzu leicht, ihn nicht zu sehen, denn wo immer er ist, wirkt er, als wäre er schon immer dort gewesen. Müsste man ihn mit einem Wort beschreiben, wäre es wohl aufrecht. Alles an ihm strebt dem Himmel entgegen.

Fast zerbricht sein nach oben gerichteter Blick die Decke, frisst sich durch Stahl und Fliesen und Glas, bis die Sonne auf ihn fällt. Vielleicht ist er selbst Sonnenlicht, in dem weißen Hemd und der beigen Hose, mit blondem Haar und weißgrauen Augen. An ihm gibt es keine dunkle Seite. Er ist ein Artus der Moderne, sein Schwert ein Laptop, egal ob mit Worten oder Zahlen gefüllt. Wäre ich ein wenig mutiger, ich hätte gebeten, ihm einen Eid leisten zu dürfen, denn alles an ihm ist königlich. Stattdessen bleibe ich weit entfernt stehen und versuche zu erahnen, welchen Punkt er mit dem Blick fixiert. Vielleicht überträgt sich mir so ein wenig seiner Größe.

Hier gibt es kein Mysterium. Jedes Geheimnis wird analysiert und entschlüsselt. Auf einem Labortisch wird es seziert, bis nur noch seine Bestandteile übrig sind und sein Wesen verloren gegangen. Die wissenschaftliche Methode hat das Wunder schon lange mit Sirenengeheul überholt und an den Straßenrand gedrängt. Dort steht es, den Körper gegen das kalte Blech gedrückt, während die Handschellen der Logik in seine Hände beißen und ein weiterer Traum es nicht zu den Menschen schafft, die ihn dringend brauchen würden.

Ihr Gesicht leuchtet unter Schweißtropfen. Vielleicht ist sie der Sommer – Haut dunkel wie lauwarme Nächte in den Außenbezirken, Augen leuchtend wie die Verlockung der Bars gegenüber der Station Friedrichstraße. Sie ist das andere Flussufer, eigentlich nicht viel anders als die eigene Seite, und doch ist etwas an ihr, das eine Verlockung bleibt. Es ist die Verlockung des Unerkundeten, die Verlockung, sich in der eigenen Stadt zu verlaufen.

Kopfhörer stecken in ihren Ohren, während ihr Blick sich in den Noten verliert. Ich frage mich, ob sie weiß, dass ihre Finger dem mir verborgenen Rhythmus folgen, und ich wünsche mir nichts sehnlicher, als zu wissen, welche Musik sie so weit fort von den gelben Fliesen und Bahndurchsagen tragen kann. Aber ich bleibe stumm. Ihre Wärme würde meine Haut verbrennen.

Hier gibt es keine Abenteuer. Um Abenteuer zu erleben, bräuchte es Helden, und es bräuchte Bösewichte. Von letzteren gibt es genug – sie sitzen in Bürotürmen und lungern auf U-Bahn-Steigen. Sie verticken Drogen in Parks oder ziehen Touristen ihre Portemonnaies aus den Bauchtaschen, während diese das pulsierende Leben um sich herum begaffen und Ansichtskarten aussuchen. Doch es gibt kein pures Böses – nichts, was einen Helden notwendig machen würde, der eine Gemeinschaft um sich schart, mit deren Hilfe alles wieder gut wird. Hier führt jeder zu viele Leben auf einmal, um eine wahre Gemeinschaft, die einer solchen Aufgabe würdig wäre, entstehen zu lassen.

Er lacht, und es ist, als wäre das Glück gerade neu erfunden worden. Sein Dutt wippt mit dem hallenden Klang, der nur dem Rhythmus seiner Gedanken folgt. Die anderen stehen um ihn herum, lachen mit, grinsen, wippen im Takt seiner Freude, doch er sticht heraus. Er mag klein sein, doch jetzt gerade erhebt sein Lachen ihn weit über die Köpfe der anderen. Das Geräusch ist so unverfälscht, als würde er selbst es gerade zum ersten Mal erleben und über sich staunen. Die Bomberjacke zittert mit, auch wenn er fast unter ihren breiten Schultern verschwindet. Funken sprühen, wo seine Füße den Asphalt berühren, als er beruhigt und elegant wieder zu Boden segelt.

Etwas fehlt, wenn er nicht lacht, und ich gehe fast zu ihm hinüber, um irgendetwas zu tun, damit ich das noch einmal hören kann. Aber ich bleibe stehen, bewege mich keinen Millimeter von der Säule fort. Ich würde mich an dem Klang verschlucken, so sehr, dass er mir den ganzen Hals verstopfte und ich nie wieder sprechen könnte.

Das hier ist kein Happy End. Für einen glücklichen Ausgang ist alles zu sehr ineinander verwoben. Zu viele Leben sind miteinander verbunden. Zu viel Freude führt zu Unglück und umgekehrt, und irgendjemand gewinnt, was einem anderen genommen wird. Glück gibt es reichlich, in jedem Späti im Ausverkauf, in jeder U-Bahn und unter jeder Straßenlaterne. Aber ein Ende – das gibt es nie. Nur den ewigen Fluss aus Veränderung und Spreewasser, das von Lebensgefühl durchtränkt ist.

Sie küssen sich nicht. Sie stehen nur da, eng umschlungen und ineinander verloren. Es ist egal, dass das hier ein U-Bahn-Steig ist. Solche Banalitäten wie Ort oder Zeit müssen sie nicht mehr interessieren, denn das Wichtigste haben sie bereits gefunden. Wir sind allein, warten auf die vorletzte Bahn in einer stadtverlorenen Nacht. Dass ich hier bin, ist nicht vergessen. Es spielt nur keine Rolle, wenn zwei Menschen sich selbst genug sind.

Dieses Mal genügt es mir, ein ferner Beobachter zu sein. Ihre Liebe leuchtet hell genug, dass die Strahlen ihrer Hoffnung bis zu mir reichen. Vielleicht versteckt sich hier ja doch ein Märchen, irgendwo, zwischen zwei Endstationen.

Chris Verfuß

Zugezogen, Ikarus

Diese Stadt braucht Zeit. Alles hier jagt. Alles hier hetzt. Hält man seinen Blick zu lange auf etwas vor sich gerichtet, beginnt dieses Etwas vor einem zu verschwimmen. Oder man wird wahnsinnig. Oder beides.

Berlin Alexanderplatz. Hier ist er nie. Und wenn er doch einmal hier sein sollte, wüsste er schnell wieder, warum er nie hier ist. Menschen. Viel zu viele Menschen. Diese ihm fremd erscheinende Spezies der Natur, die aufgebracht gestikulierend, sich miteinander unterhaltend, laut telefonierend, Selfiesticks wedelnd, auf Smartphonebildschirme stierend, wild durcheinanderläuft. Seine Augen suchen oft überfordert nach einem Anzeigeschild, nach irgendeiner kleinen Tafel, auf der er passende Informationen zu ihr finden kann. Auch jetzt. Er würde gerne mehr über diese Spezies lernen, ihren Ursprung erfahren, wissen, wovon sie sich ernährt, zu welcher Gattung sie gehört und was ihr Lebensraum ist. Er kann keins finden. Achselzucken. Vielleicht hat er am Bahnhof Zoo mehr Glück.

Der Junge sitzt unweit der Weltzeituhr auf der langen Bank. Getarnt durch die Anwesenheit eines Obdachlosen, der mit Tunnelblick gemeines Zeug vor sich hin schimpft, drei schmieriger Anzugträger mit Starbucksbechern und zwei junger Pärchen, lassen sich die vielen vorübereilenden Passanten besonders gut beobachten.

Wie viele dieser Menschen wohl nur zu Besuch sind? Wie viele von ihnen zugezogen? Wie viele von ihnen echte Ur-Berliner? Und wer ist eigentlich er selbst, denkt er, dass er es sich anmaßt, das zu überlegen? Der Junge steht auf und überquert den breiten Platz. Obwohl er diesen Ort nicht mag, übt dessen Historizität eine gewisse Faszination auf ihn aus. Mit ihr befallen ihn Bilder und Gefühle. Dagegen ist er machtlos.

Der Fernsehturm ragt vor ihm in die Höhe und erinnert den Jungen daran, wie er einmal zu irgendeinem Anlass, den er längst wieder vergessen hat, mit seinen Eltern und einem Freund im Düsseldorfer Rheinturm essen war. Es hat ihm nicht geschmeckt. Teure Gerichte schmecken selten, ist er sich seitdem sicher. Die Menge stimmt nie, der Preis erst recht nicht und man hat mehr Porzellan auf seinem Teller als eigentliches Essen. Dafür hatte damals die Aussicht gestimmt, dort oben. Plötzlich kommt ihm die Mutprobe in den Sinn, die sie sich gestellt hatten. Aufgabe war es gewesen, sich gegen die großen, schrägen Fensterscheiben zu lehnen und hinunter auf die Altstadt zu schauen. Sich am Holzgeländer festzuhalten, zählte nicht. Der Junge hatte verloren. Er leidet unter Höhenangst, schon immer. Während sein Blick die Betonsäule des Berliner Fernsehturms hochwandert, fragt er sich, ob es dort oben auch ein Restaurant gibt und wenn ja, ob es sich wohl ebenfalls dreht.

Dann erreicht er die S-Bahnstation Alexanderplatz. Es ist die Schlimmste in ganz Berlin. Wenn der Alexanderplatz das Freigehege für die Spezies Mensch ist, dann ist seine S-Bahnstation der Käfig. Mindestens die Brutstätte. Hier ist der Einzelne von keinem Interesse. Nie gewesen. Das Individuum sucht seinen eigenen Wert in der Masse, doch wird nicht fündig. Alle wechselnden Werbanzeigen im Bahnhof, alle vorbeirauschenden Silhouetten und jedes graue Gesicht versichern ihm: Die Welt dreht ihre Runden auch ohne dich weiter, und die Ringbahn sowieso. Der Junge kämpft sich konzentriert durch die Menge. Wäre er nicht so konzentriert, fräße sie ihn auf. Dann stieße ihn die erste Schulter von rechts an, eine zweite von links, sodass er ins Taumeln geriete, bevor ihn eine junge Frau frontal mit ihrem Kinderwagen attackierte, und ihn zu Fall brächte. Wenn er erst einmal da unten am Boden läge, wäre es aus mit ihm, glaubt er. Dann träten alle auf ihn drauf, statt über ihn drüber. Mit Gänsehaut weicht der Junge lauernden Touristen und Anzugträgern aus.

Eine Rolltreppe ist ausgefallen. Alle müssen sie sich genervt die viel zu hohen, erstarrten Stufen hinaufschleppen, weil es niemandem früher aufgefallen ist. Irgendjemand hinter ihm flucht.

»So 'ne Scheiße.«

Der Junge dreht sich zu der Stimme um. Sie gehört zu einem Mann mit verschwitzten Haaren und einem blauen Käppi. Er trägt einen weißen Maleranzug. An den braungebrannten Armen und hellen Hosenbeinen kleben noch Farbreste seiner Arbeit vom Vormittag. Der Mann sieht den Jungen gereizt an, darum zügelt dieser seine Neugier und geht schweigend weiter voraus. Als sie oben ankommen, starrt er nur noch enttäuscht den roten Rücklichtern der S9 hinterher, die gerade den Bahnhof Richtung Spandau verlässt. Jetzt ist er derjenige, der flucht.

»So 'ne Scheiße!«

»Jep, dit kannste laut sagen.«

Das ist wieder der Maler. Mit einem Kopfschütteln geht er an dem Jungen vorbei und bleibt nach etwa fünfzehn Metern stehen. Jetzt kramt er eine Zeitung aus seinem Rucksack. Lesen scheint fürs Warten wie gemacht zu sein. Oder Warten fürs Lesen. Jedenfalls, das glaubt der Junge, hat Lesen die Kraft, die Spezies zu beruhigen. Er schaut auf die Bahnhofsanzeige. Die nächste S-Bahn kommt erst in fünf Minuten. Oder sollte der Junge denken, *schon*? Wo er aufgewachsen ist, wartet man mindestens zwanzig Minuten auf Bus und Bahn, Verspätungen und Zugausfälle inklusive. Aber hier herrschen andere Gesetze. In Berlin motzt jeder Zweite über die BVG, darum hat er selbst nach ein paar Jahren auch damit angefangen. Nur nachts, wenn er nicht einschlafen kann, schießt sie ihm ab und zu durch den Kopf – die eine gefährliche Frage: Wie jene Leute wohl reagierten, wenn die BVG die Wahrheit herauskriegen würde? Es jemand einfach durchsickern ließe? Wenn denen eines Tages einfach einer davon erzählen würde, dass sich der Nahverkehr in anderen Teilen Deutschlands mehr Zeit ließe? Und damit auch noch, einfach so, ohne jegliche Form von Bestrafung, ohne Zeichen bürgerlicher Erregung davonkäme? Was das wohl für eine Großstadt wie Berlin bedeuten würde? Vielleicht hätte man dann wieder mehr Zeit. In jedem Fall mehr zu lesen.

Eine Weile steht der Junge einfach nur da und droht, sich erneut in der Masse von Menschen zu verlieren, dann entscheidet er sich kurzerhand doch für die Bank. Wie unterschiedlich die Spezies in ihrer Gleichheit doch ist, denkt er. Hier ist jedes Alter, jedes Geschlecht, jede Hautfarbe, jede gesellschaftliche Klasse, jede Nationalität, jedes Gesicht, jeder Blick, jede Emotion, und jeder Kleidungsstil vertreten, steht eng beisammen, bloß, um auf eine S-Bahn zu warten. Was eigentlich schön ist, lässt ihm keine Luft. Es ist warm und er will in die Weite. Tempelhofer Feld wäre nicht schlecht. Aber erst muss er ein Buch abholen. Er starrt erneut auf die Anzeige. Noch immer fünf Minuten. Das kann doch nicht sein, vergeht die Zeit denn nie, denkt der Junge. Er schlägt seine Beine übereinander und bereut es, dass man Bücher erst abholen muss, um sie lesen zu können.

Ein blondes Mädchen, vielleicht um die zwanzig Jahre alt, kommt in gelber Regenjacke auf ihn zu. Sie trägt eine altmodische Brille auf der Nase, die ihrem Gesicht gut steht, dazu einen vollgepackten Backpack auf dem Rücken. Bevor sie sich setzt, lächelt sie kurz in seine Richtung. Von ihrem Rucksack baumeln ein Paar braune Wanderstiefel. Wieso ist die so gut gelaunt und ich nicht, denkt der Junge. Er mustert sie verstohlen, richtet seinen Blick schnell wieder auf die Menschen am Gleis.

»Willst du mir eine Kopfmassage geben?«, ertönt es plötzlich neben ihm.

»Wie bitte?«

Es ist einer dieser Momente, in denen er glaubt, sich verhört zu haben. Nein, in denen er hofft, sich verhört zu haben. Das Mädchen sieht ihn grinsend an und wiederholt die Frage, nicht unfreundlich.

»Ob du mir eine Kopfmassage geben willst?«

Sie ist hübsch, aber seltsam, und scheint dabei doch tatsächlich an einer ehrlichen Antwort interessiert.

»Nee, sorry«, sagt der Junge und würde das Gespräch gerne für beendet erklären, hätte er nicht das Pech, dass sie gleich wieder anfängt zu reden.

»Okay, schade!« Das Mädchen starrt für kurze Zeit ins Leere, bevor sie weiterspricht, so als würde sie ihm Zeit für eine Zwischenfrage gewähren.

»Weißt du, ich habe mir das bloß als Challenge ausgedacht. Für mich selbst, zur Überwindung«, sagt sie dann.

»Was?«, fragt der Junge verwirrt nach.

»Das mit der Kopfmassage.« Sie grinst wieder.

»Achso. Und warum?« Irgendwie interessiert es ihn ja doch. Solche Menschen trifft man nicht oft.

»Ach, wir verbringen alle so viel Zeit am Handy, schauen uns gar nicht mehr richtig an«, meint sie. Der Junge hält kurz inne, dann stimmt er der Aussage mit einem leichten Kopfnicken zu.

»Unterhältst du dich manchmal mit fremden Menschen?«

»Hm«, antwortet er. »Ab und zu schon. Ja, heute ist so ein Tag, da passt das ganz gut rein.« Jetzt ist er es, der lächelt und sie diejenige, die nickt. Er zeigt auf ihren Rucksack.

»Du reist?«

»Na ja, so halb. Ich bin mit ein paar Freunden zum Wandern verabredet.«

»Verstehe. Wo kommst du her?«

»Aus der Schweiz. Kleines Kaff, das kennt man hier nicht.« Sie lacht, bevor sie weiterspricht.

»Und du? Aus Berlin?»

»Nee, Rheinland.«

Die nächste S-Bahn hält neben ihnen und sie steigen ein. Im Abteil reden sie noch weiter – übers Wandern, Studieren, die Schweiz und Berlin. Das Mädchen hat eine schöne Stimme, schießt es dem Jungen irgendwann durch den Kopf. Er merkt, dass er ihr gerne zuhört, wenn sie spricht. Doch dabei verliert er die Spezies ganz aus den Augen. Die bewegt sich zwar noch nach wie vor, huscht umher, auf den Sitzen links und rechts oder an der Tür, aber er hat kein Ohr mehr für sie. Beim Hackeschen Markt gibt das Mädchen ihm plötzlich zur Verabschiedung eine Umarmung und steigt aus. Mit einem Mal hat jemand die Welt ringsherum wieder auf laut gestellt. Alle unangenehmen Geräusche des S-Bahn-Alltags finden ihren Weg zurück an das Ohr des Jungen. Er sieht ihr hinterher, dem Mädchen in gelber Regenjacke mit altmodischer Brille und Backpack, an dem die braunen Wanderstiefel bei jedem Schritt von links nach rechts schwingen. Erst jetzt realisiert er, dass er einsam ist und sie die ganze Zeit gestanden haben. Für die restliche Fahrt sucht er sich einen Sitzplatz. Er hat vergessen nach ihrer Nummer zu fragen.

Neben dem Jungen sitzt ein dicker Mann mit Glatze am Fenster. Er schläft, hat seinen Kopf an die Scheibe gelehnt und atmet rasselnd durch den leicht geöffneten Mund. Als der Junge rausschauen will, fällt ihm die Spur am Fenster auf, die der Mann mit seiner Glatze hinterlässt. Erst denkt der Junge, es sei einfacher Schweiß, aber dafür scheint sie ihm dann doch zu fettig. Wohl eher eine Mischung aus Sonnenmilch und Schweiß. Als ihm schlecht wird, hält die S-Bahn bereits an der Friedrichstraße. Froh darüber, diesen Anblick nicht weiter ertragen zu müssen, drängt er sich durch die stehenden Leute, bis nach ganz vorne an die Tür. Hinter ihm stehen mindestens fünfzehn Menschen, die darauf warten, die stickige S-Bahn endlich verlassen zu können. Er allein, den kleinen, runden Türknopf mit den Fingern schon berührend, hat die Macht, ihnen diesen Gefallen zu tun. Was wohl passieren würde, wenn er ihn verweigerte? Wie würde die Spezies reagieren? Würde sie ihn in einem Anfall wilder Raserei beseitigen? Ach, hätte er doch bloß das Informationsschild gefunden.

Durch die Scheibe sieht er die Menschen am Gleis, die nur darauf warten, dass sich die Türen öffnen. Die Ungeduld kann er ihnen ansehen. Bloß will sie ihm nicht in den Kopf. Was gibt es Schöneres als seinen Mittwochnachmittag in einer überfüllten Berliner S-Bahn zu verbringen? Eine Menge, denkt der Junge. Er spürt die hungrigen Blicke in seinem Rücken und weiß, er hält ihnen nicht mehr lange stand. Ist er jetzt derjenige, der ungeduldig wird, fragt er sich. Mit einem Zischen gleiten die S-Bahntüren auseinander. Er muss hier weg. An die frische Luft. Schnell.

Der S-Bahnhof Friedrichstraße ist nicht angenehmer als der am Alexanderplatz. Obwohl, ein bisschen. Immerhin liegt er an der Spree. Auch dieses Fleckchen Berlins wirkt historisch-anziehend auf ihn. Bloß weiß er hier genauso wenig, wohin er laufen soll. Zu viele Ausgänge überfordern ihn. Vielleicht gibt es gar keinen falschen. Vielleicht führen sie alle genau dahin, wo man gerne wäre. Das wär' doch was, denkt der Junge. Jetzt steht er unter einer Brücke an der Spree, will aber eigentlich zu Dussmann. Er fragt eine Frau nach dem Weg, doch sie versteht weder Englisch noch Deutsch. Das macht auch nichts. Dann umrundet er eben den Bahnhof und weicht dem alten Mann mit den Krücken aus.

Es dauert etwa zehn Minuten, bis er die richtige Seite gefunden hat, aber immerhin genießt der Junge den Wind. Auf den Bürgersteigen nahe der Friedrichstraße ist es das gleiche Spiel wie im Bahnhof: Man muss sich auf das Ausweichen konzentrieren. Bereit sein, wenn ein Tourist plötzlich vor einem stehenbleibt, um auf sein Handy zu schauen. Bereit sein, wenn eine junge Anzugträgerin telefonierend vorbeirauscht und einem dabei einen Stoß in die Seite versetzt. Damit rechnen, dass ältere Menschen dazu neigen, mehr Platz auf den Gehwegen auszufüllen als nötig. Noch ein innerlicher Seufzer und er ist endlich da. Er hat sein Ziel erreicht.

Dussmann ist ein toller Ort. Wäre das Geschäft nicht in Berlin-Mitte, der Junge wäre jede Woche da. Das glaubt er zumindest. Wahrscheinlich eher alle drei Wochen. Dennoch: Dussmann ist ein toller

Ort. Die Verkäuferinnen und Verkäufer sind nett und hilfsbereit. Man fühlt sich wie in der Pflege.

»*Geteilter Himmel* von Christa Wolf«, antwortet er auf die Frage der brünetten jungen Frau, die neben ihm Bücher auf einem Tisch sortiert.

»Kommen Sie mal mit«, sagt sie und läuft auf die andere Seite des Geschäfts. Vor einem großen Bücherregal bleibt sie stehen und sucht mit dem Zeigefinger die Ablagen ab.

»Es hat ein rotes Cover. Erzählung aus DDR-Zeiten«, fügt der Junge, sie aufs Beste unterstützen wollend, hinzu, da hat sie schon längst »Ah, hier ist es« gesagt und ihm ein Buch in die Hand gedrückt.

»Oh, ein weißes Cover«, korrigiert er sich selbst nachdenklich. Die Dozentin hat aber doch rot gemeint, überlegt er. Da lacht die Verkäuferin laut auf, dass er verwundert zu ihr aufsieht. Nachdem er bezahlt hat, wünscht der Junge dem Mann am Tresen einen schönen Feierabend. Der sieht ihn überrascht an und der Junge verlässt zufrieden das Geschäft.

Er lässt die Friedrichstraße hinter sich und überquert die Spree auf der Weidendammer Brücke. Neben dem Eisenadler, der in das Geländer eingelassen ist, bleibt der Junge stehen. Beim Anblick seiner Flügel kommt ihm sofort Biermanns *preußischer Ikarus* in den Sinn. Ein schönes Lied. Vielleicht ist er heute eben dieser Ikarus. Vielleicht jeden Tag. Vielleicht auch nie. *Er fliegt nicht weg und stürzt nicht ab. Macht keinen Wind und macht nicht schlapp, am Geländer über der Spree.* Und wenn er es doch ist? Woran hat er sich dann bloß seine Flügel verbrannt, in einer Stadt, in der die Sonne so selten scheint? *Mit grauen Flügeln aus Eisenguss. Dem tun seine Arme so weh.*

In Berlin gibt es nicht viele schöne Stellen am Spreeufer. Oder der Junge kennt sie nicht. Bis auf den Verkehr ringsum lässt es sich hier aber einigermaßen aushalten, findet er. Sehnsüchtig schaut er hinüber auf die Café-Bars und Restaurants am gegenüberliegenden Ufer. Er wird zu *Ständige Vertretung* gehen, weiß er. Einer der seltenen Orte

Berlins, wo es Kölsch zu trinken gibt. Ein kleines Stück Heimat in der Fremde. Als er sich hinsetzt, hat die Kellnerin ihm bereits ein *Gaffel* hingestellt.

Am 2. Mai 1974 wurden die ständigen Vertretungen in Ost-Berlin und Bonn offiziell eröffnet. Schon komisch, denkt der Junge, jetzt sitzt man im 21. Jahrhundert in einem vereinten Berlin und fühlt sich doch wie von Mauern umgeben. Wie lange es wohl dauern wird, bis er sich hier wohlfühlt, fragt er sich. Ein weiteres Jahr? Verloren nippt er an seinem Bier und starrt auf die alte Spree, deren gekräuselte Oberfläche wie ein Teppich vor ihm liegt. Diese Stadt braucht Zeit, scheint das Wasser ihm zuzuflüstern. Oder kommen die Worte doch vom Ikarus dort drüben, gefangen im Brückeneisen?

Alles hier jagt, alles hier hetzt und dieses Etwas vor einem beginnt zu verschwimmen, hält man seinen Blick zu lange darauf gerichtet. Oder man wird wahnsinnig. Oder beides.

Christin Tewes

Sushi rot-weiß

Er würde sagen, er hatte es geahnt. Hatte schon immer so ein Gefühl gehabt. Jemand wie er würde natürlich irgendwann angepöbelt, geschubst und in logischer Konsequenz vor einen Zug gestoßen werden. An einem Abend, an dem er ein Glas zu viel gehabt hätte, würde er benommen schwankend den Bahnsteig entlanggehen. Ein wenig mulmig wäre ihm schon, dass er die Bahnsteigkante so unscharf sah. Und dann hätten sie sich an seinem Gang gestört oder an seinem Hertha-Aufnäher an der Tasche. »Was los, Digga, ahn ma'!« Ein Wort gäbe das andere und es wäre eine richtige Rangelei geworden. Eine, die man auf dem Video der Überwachungskamera nicht hätte übersehen können. Es stünde in den Zeitungen, damit die Leute sich darüber das Maul zerfetzen könnten. Allen voran sein Bruder, der Sicherheitsfanatiker: Warum gab es nicht mehr Personal an den Bahnhöfen? Gerade in Berlin kann doch so viel passieren. Und es warteten genügend Arbeitslose in den Ämtern, die die Trotzdem-Raucher, Auf-dem-Bahnsteig-Radfahrer und Leute-Anrempler in ihre Schranken weisen könnten. Stattdessen trat man in Kaugummis und die Regeln schienen überflüssig.

Wann hat er eigentlich zuletzt mit seinem Bruder gesprochen? Drei Bezirke liegen zwischen ihnen wie ein Fluss ohne Brücken. Hastig nimmt er einen Schluck Litschi-Limo. Husten. Er braucht etwas zu essen. Zwanzig Minuten wartet er sicher schon, wie lange brauchen denn sechs Gurkenröllchen?

Seine Eltern würden ihm bestimmt ein leckeres, selbstgekochtes Gericht ins Krankenhaus schmuggeln. Charité wahrscheinlich, das war das nächste hier zum Bahnhof Friedrichstraße. Säuberlich in einer Tupperdose, noch mal extra in Frischhaltefolie verpackt. Reis mit gebratenem Lachs und gekochten Möhren. Wenn seine Eltern nicht guckten, würde sein Bruder es ihm wegessen. Aber er läge ja im Koma, hätte eh nichts essen können. Dann hätten seine Eltern vielleicht gar kein Essen mitgebracht. Also kein Essen, weder für ihn noch für seinen Bruder. Der war sowieso zu dick.

Sein Vater würde sich oft mit feuchten Augen abwenden, aus dem Fenster sehen, seine Mutter beinahe stoisch am Krankenbett sitzen. Sie hätte einen Talisman in den Händen, würde leise beten, im festen Glauben an seine Genesung. Sein Bruder: wütend über die mangelnde Sicherheit im Nahverkehr, aber froh, dass sein kleiner Bruder immerhin am Leben war.

Und dann sie, in ihrem goldenen Glanz. Die Krankenschwestern würden sie für seine Freundin halten. Immerhin hatte sie ihn in letzter Sekunde von den Gleisen geholt und mithilfe von Passanten zurück auf die Bahnsteigkante gewuchtet. Ihre blonden Haare schmiegten sich angstschweißgetränkt an ihre Wangen, als sie neben ihm im Rettungswagen saß. Bei Bewusstsein war er nicht, zu hart mit dem Kopf aufgeschlagen. Aber am Leben, Gott sei Dank am Leben. Sie hielt seine Hand und er fühlte sich lebendiger als je zuvor. Sie hielt sie auch noch, als er längst auf der Station lag und seine Eltern herbeieilten. Schon oft hatte er ihnen von irgendeiner Freundin erzählt, zur Besänftigung, aber getroffen hatten sie sie noch nie, natürlich nicht. Dass nun ausgerechnet sie es sein sollte, machte ihn glücklich.

Sein Vater schloss sie in die Arme, hatte nie Berührungsängste gegenüber fremden Menschen und nahm sie lieber früher als später in den Familienkreis auf. Seine Mutter war da zurückhaltender. Die

Zukünftige ihres jüngsten Sohnes müsste sich erst einmal beweisen, ihr waren Nicht-Japanerinnen suspekt. Ihr Halbblutsohn hatte so schon genug Probleme, und die konnte nur eine traditionsbewusste Japanerin mit sanfter, aber bestimmter Hand lösen.

Seinen Bruder hatten sie in der Hinsicht längst aufgegeben. Abgebrochenes Studium, diese ulkigen Künstlershows und keine Frau in Sicht – Berlin hatte einfach keinen guten Einfluss auf ihn. Das wusste er auch selbst, aber er zog sein Ding durch. Er wäre viel später als seine Eltern im Krankenhaus angekommen, wäre vielleicht wieder in die falsche Richtung gefahren. Aber wenn er schließlich im Raum stünde, wäre seine Liebe ganz bei ihm, seinem schlafenden Bruder, und seine Aufmerksamkeit ganz bei der Familie. Er würde seine Eltern umarmen, sie trösten und über sie alle eine wärmende Decke aus Worten legen. Nur eine Person im Raum würde von seiner Zuneigung unberührt bleiben und sich scheu eine blonde Strähne aus der Stirn streichen.

Lautlos drängten jetzt die Vorwürfe seines Bruders an sein Komahirn: »Blond? Ich bitte dich. Wem willst du was vormachen? Deine Freundinnen waren bisher alles, aber nie, niemals blond. Du hasst blonde Frauen.«

Wie gern würde er ihm widersprechen. Diese Frau ist das schönste und liebenswürdigste Geschöpf, das ihm in der Hauptstadt je begegnet ist. Und sie hätte ihm das Leben gerettet! Das müsste doch wohl ausreichen, um seinem Bruder ein wenig Sympathie abzuringen. Vielleicht wäre er aber auch nur eifersüchtig. Ja, der Gedanke gefällt ihm: sein großer Bruder eifersüchtig.

»Du musst zu uns zum Essen kommen. Du gehörst doch zur Familie«, beschloss sein Vater.

»Was? Aber ... das geht nicht, ich habe doch ...« Ihre Stimme zitterte.

»Doch, das geht schon, keine Sorge. Wir möchten dich gerne kennenlernen und du musst uns noch mal erzählen, wie das genau passiert ist.«

»Papa, bedräng sie nicht so, guck doch mal.« Sein Bruder setzte hinterlistig zum Schlag gegen sie an. »Sie steht unter Schock und macht sich bestimmt große Sorgen um ihren ... *Freund*.«

Für einen kurzen Moment verengten sich ihre Augen zu Schlitzen, dann wandte sie sich der offenen Zimmertür zu. »Ich bin nicht ... ich meine ... ich sollte jetzt wirklich gehen. Tut mir leid.« Ihre langen Schritte hallten den Flur entlang, bis die Etagentür ins Schloss fiel. Eins zu null für seinen Bruder.

»Du hast recht, sie steht wirklich unter Schock. Dann laden wir sie eben morgen zum Essen ein.« Während sein Vater vor sich hin murmelte, tauschten sein Bruder und seine Mutter Blicke. Ob sie wohl morgen wiederkommen würde? Wie lange er im Koma liegen würde, konnten die Ärzte nicht mit Sicherheit sagen. Vielleicht nur ein paar Stunden, vielleicht Tage, Wochen. Für seinen Vater ginge das Leben weiter. *In guten wie in schlechten Zeiten muss gegessen werden*, pflegt er zu sagen, *das hält die Menschen warm*. Und natürlich auch getrunken.

Wenn es schlecht liefe, würde das Koma bleiben und irgendwann würde seine Traumfrau doch mit seinen Eltern und seinem Bruder an dem runden Esstisch im Wohnzimmer sitzen, während es für ihn weiter nur den Tropf gäbe. Seinem Bruder würden allmählich ihre zarten Hände auffallen und ihre tiefgründige Herzlichkeit. Sie würden zu viert lachen, während bei ihm der Infusionsbeutel gewechselt würde. Nach ein paar Wochen würde sein Bruder sie bei ihrer Arbeit besuchen und Unmengen Sushi essen: Thunfisch, Lachs, Garnelen, das ganze Programm. Ihr sagen, wie herrlich es schmeckte, und sie würde mit einem rötlichen Schimmer auf den Wangen zu Boden blicken. Ihr würden seine starken Schultern und seine bizarren Wortwitze gefallen. Sie würde ihm erzählen, dass sie genau hier seinen Bruder kennengelernt hatte, vor dem Unfall.

»Er hat immer nur Kappa-Maki gegessen, sechs Stück, aber mit Mayo und Ketchup«, sagte sie lächelnd. »Ich habe mich immer gefragt, wie man nur so wenig Sushi essen kann und dann noch mit Pommessaucen?!« Sie lachten gemeinsam. Irgendwann würden sich ihre Hände wie zufällig berühren und sein Bruder würde bis zum Ende ihrer Schicht im Laden bleiben, sie vielleicht nach Hause begleiten.

Oh Mann, was hat er für einen Bärenhunger. Der Typ hinter ihm hat sein Essen schon längst bekommen und geht ihm mit seinem Geschmatze auf die Nerven. Und wie er immer *Schushi* sagt. Es heißt *Sushi*, verdammt!

Er könnte es seinem Bruder nicht verübeln. So eine Chance würde niemand sausen lassen. Sein Bruder ist eloquenter als er; wenn er erst mal die Aufmerksamkeit einer Frau hat, weiß er sie auch zu unterhalten. Dass er jetzt handeln muss, steht außer Frage. Er muss sie endlich ansprechen. Nein, er *wird* sie ansprechen. Und zwar heute! Ganz einfach, *casual*. »Na, wie geht's? Voll heute, wa? Liegt an eurem guten Stoff.« Sie wird lachen und sich eine blonde Haarsträhne hinters Ohr streichen. Er muss witzig sein, das Gespräch am Laufen halten. Vielleicht nach Allergenen fragen. Er wird gut sein, charmant, das kann er im Job doch auch. Ja, heute ist der Tag, heute wird er sich trauen. Beobachtet sie ihn nicht auch die ganze Zeit?

Eine leise Klingel ertönt, sie wendet sich zu den Köchen um und nimmt einen Teller in Empfang. Ihre hellblaue Schürze bauscht sich bei der nächsten Drehung auf, und schwebend langsam kommt sie auf ihn zu. Er schluckt. Versucht, sie mit seinem Blick darauf vorzubereiten, dass er gleich etwas Wichtiges sagen wird. Sie lächelt. Noch drei Schritte und sie ist bei ihm. Ganz bei ihm. Nur für ihn. Mit einem zarten *Tock* steht der Teller vor seiner Nase.

»So, einmal Kappa-Maki rot-weiß. Sorry, hat ein bisschen länger gedauert, ist viel los heute.«

»Danke. Äh ... ja.« Räuspern.

»Lass es dir schmecken.« Wie süß ihre Stimme klingt.

Dann ist sie wieder verschwunden. Sein Mut zerbricht wie die Holzstäbchen, die er zum Essen auseinanderreißt.

Jen Pauli

Regentropfen

Manchmal gibt es Tage, an denen ist selbst das einfache Atmen eine schwierige Aufgabe. Heute ist einer dieser Tage. Ein Tag, bei dem ich das Gefühl habe, nicht mehr atmen zu können. Der Körper übernimmt, wenn die Gefühle mich erneut tief ins Bett drücken. Der Mensch kann viel ertragen und für viele Leute ist das Alleinsein gelegentlich sogar eine Erholung und ein Moment des Kräfteschöpfens. Doch Einsamkeit ist etwas viel Tieferes. Sie übernimmt jeden Zentimeter deiner Gedanken und sät Angst, Zweifel und Hass im eigenen Herzen. Dann wird das Herz so unfassbar schwer.

Es ist bleischwer – mein Herz.

Der nächtliche Regen prasselt ans Fenster. Mein Blick folgt den Regentropfen, die an der Scheibe herunterwandern. Regen mochte ich schon immer, er hüllt mich ein, erdet mich und anschließend wirkt die Welt wie gewaschen. Wenn ich so den Regen beobachte, bin ich wieder am Ort meiner Kindheit.

Großvaters Haus hatte große Fenster in jedem Raum. Er wollte die Welt immer sehen können, vor allem, wenn es regnete. Wenn es ihm möglich war und das Wetter nicht zu heftig, ging er besonders gerne spazieren. Es würde ihm beim Denken helfen und ihn beruhigen, so sagte er.

Sobald ich alt genug war, nahm er mich mit. Manchmal genossen wir nur zusammen den Klang der Tropfen auf uns und der Welt. An anderen Tagen nutzten wir die Zeit, um unsere tiefen Gedanken auszutauschen und Wünsche miteinander zu teilen. Zuspruch und Ansporn im jeweils anderen zu finden. Eines Nachmittags im warmen Sommerregen vertraute ich mich ihm dann an.

In der großen Stadt einen Neustart zu wagen und hier zur Uni zu gehen, hatte viele Ängste und Zweifel in mir erweckt. Still und voller Geduld lauschte er meinen Sorgen.

»Mein Kind. Das Leben und die Welt haben viel Beängstigendes an sich. Bieten Vieles, das Angst macht. Die Welt ist laut, wild und ungezähmt und das Leben ist ein Sog voller Momente und Emotionen und nicht alle werden dir positiv erscheinen. Aber es gibt in dieser Welt auch viel Güte, Liebe, Freundschaft und Freude. Daher erlaube dem Regen, all deine Ängste und düsteren Klammern fortzuschwemmen, um dann ins Sonnenlicht zu treten. Gib dem Leben und der Hoffnung die Chance, dein Herz mit neuer Wärme zu füllen.«

Die Erinnerung an seine Worte erweckt *Hoffnung* in mir und er beginnt, von innen heraus an meinen Mundwinkeln zu zupfen. Ich habe genug, schreit er förmlich in mir. Mühselig stehe ich auf, ertrage das eigene Gedankenkarussell nicht mehr, welches *Einsamkeit* in meinem Geist ankurbelt. Habe es satt, in diesem Bett zu liegen und mich von ihren düsteren Worten einwickeln zu lassen.

Ich höre Einsamkeit flüstern, dass es keinen Sinn hat, raus zu gehen. Die Stadt sei zu groß, um das Gute, Schöne und Warme in ihr zu finden.

Ich schaudere.

Ich fühle sie wie Kälte über meinen Rücken huschen. Aber der winzige Hoffnung bäumt sich auf, schüttelt Einsamkeit mit einer solch ungeahnten Kraft, dass sie wieder zurück aufs Bett geworfen wird. Noch bevor sich die langen Fühler der Negativität wieder in meine Schulter krallen, stopfe ich mir die weißen Kopfhörer ins Ohr, schnappe mir meine Regenjacke und verlasse die Wohnung.

Hoffnung setzt sich dicht neben mein Herz, er wärmt mich, als ich auf die Straße trete. Ich höre die prasselnden Tropfen auf der Kapuze, ehe ich schleunigst die Musik meines Musikplayers anschalte. Alte und halbvergessene Songs füllen meinen Kopf und leeren die Gedanken.

Die Hände versinken in den Taschen und strammen Schrittes gehe ich die Straße entlang. Allmählich beruhigt sich mein ängstlicher Herzschlag. Hoffnung hält wachsam Ausschau neben meinem Herzen und beobachtet mit mir die Stadt. Obwohl es leicht vor sich hin regnet, strahlt Berlin eine unzerstörbare Stärke und Vielseitigkeit aus. Während ich in der einen Straße der einzige Mensch bin, alles zu schlafen scheint und selbst die letzte Ratte in ihrem Loch ist, so ist die nächste voller spät geöffneter Bars, feiernder Menschen, die sich trotz des Regens einen schönen Abend machen. Eine Stadt schläfrig und hellwach zugleich.

Das faszinierte mich schon immer an Berlin. Die Großstadt lässt sich nicht zwingen, sie ist weder das Eine noch das Andere und hat für jedes Gemüt die passende Ecke. Hier gibt es Personen, ob nun ruhige, laute, freundliche, böse, verrückte, schlichte oder komplizierte.

Ich wollte es fühlen, wollte *sie* fühlen, die Heimat, in meiner Wunschstadt.

Fast vier Millionen Menschen und ich mittendrin. Dennoch fühle ich mich isoliert. Den Neustart hatte ich mir eigentlich anders vorgestellt. Sehr viel leichter und schlichter. Stattdessen bin ich wieder an die falschen Personen geraten, bin wieder allein und spüre schon wieder Einsamkeit mit ihren dunklen, wabernden Fühlern an mir zerren.

Kaum denke ich an sie, spüre ich ihren giftigen Atem in meinem Nacken. Um mich nicht vergessen zu lassen, holt sie Momente hoch. Momente, die ihr den Nährboden geben, um sich in mir einzunisten. *Meine neuen Freunde.*

Bilder von letzter Woche steigen in mir auf. Der Termin mit meinem Dozenten war früher beendet gewesen als geplant. Gerade hatte ich um die Ecke biegen wollen, als ich meinen Namen hörte. Es klang abwertend, als wäre es der Person zuwider, ihn auszusprechen. Ein bisschen zu hoch und irgendwie hohl. Die Stimme kam mir bekannt vor. Meine neuen Freunde – und doch hatte ich keinerlei Bedürfnis, mich ihnen zu zeigen. Ohne es zu wollen, begannen meine Hände zu zittern. Ich spürte, wie sich langsam ein Kloß in meinem Hals bildete, der einfach nicht herunterzuschlucken war. Je mehr ich hörte, desto schneller wurde mein Herzschlag. Es pochte in mir, zog sich zusammen und der altvertraute Schmerz von zerbrechendem Vertrauen breitete sich in mir aus.

Ich hielt die Luft an und lauschte ihren abfälligen Stimmen, wie sie über mich sprachen. Sie kritisierten mich und lachten darüber, welchen affigen Ehrgeiz ich doch besaß, für Freundschaft und Uni, wie leicht es ihnen fiel, mich für die Hausarbeiten auszunutzen. Jedes weitere Wort lockte einen der altbekannten Fühler aus den Tiefen meiner Seele hervor. Sie schlangen sich fest um mein Herz, sodass jeder Herzschlag mehr schmerzte. Meine brüchige Schutzmauer zerfiel in ihre Einzelteile. Das Gefühl hintergangen worden zu sein – schon wieder – nistete sich in mein Gemüt ein, füllte meinen Körper und ließ mich bis in die Zehenspitzen erstarren. Statt einfach wegzulaufen oder ihnen die Stirn zu bieten, lauschte ich atemlos weiter dem Hohn der anderen. Das gemeinschaftliche Lachen brannte sich tief in mir ein, bis ich das Gefühl hatte, dass es mich von innen versengte. Es hallte in mir, laut, verzerrt und schmerzhaft bis in die Fingerspitzen. Meine Atemzüge wurden immer träger, ich hatte das Gefühl, in meinen Lungen wäre kein Platz mehr, um den rettenden Sauerstoff aufzunehmen. Ähnlich schwer wie der Schmerz in meinem Herzen und die Bewegungslosigkeit in meinen Gliedern.

Die Tränen spürte ich erst, als sie mir warm über die Wangen rannen. Noch bevor sie mein aufkommendes Schluchzen hätten hören können, hatte ich die Hände vor den Mund geschlagen und auf dem Absatz kehrtgemacht.

Siehst du, flüsterte Einsamkeit und huscht um die nächste Ecke.

Es hatte etwas Großes werden sollen. Nach Berlin zu ziehen, auf die Uni zu gehen und Freunde zu finden. Ein neues und unabhängiges Leben hatte ich mir hier aufbauen wollen. Aber es war so ermüdend, in der großen Menge der Persönlichkeiten jemanden zu finden, der es ehrlich meinte, der Moral empfand, der schlichtweg freundlich war. Alles, was ich wollte, war ein gottverdammter Mensch, der nett zu mir ist. Ein einziger.

In meinem Augenwinkel scheint sich immer wieder etwas zu bewegen. Ich drehe den Kopf, nur um in eine leere Gasse oder ein dunkles Fenster zu schauen. Ich höre Einsamkeit erneut hinter mir flüstern, immer und immer wieder, während ich die Straße hinunterlaufe. Höre sie hoch und schrill über meine Flucht lachen. Laut brüllt Hoffnung in mir, ich solle einfach weiterlaufen und mich von der feiernden Truppe mitreißen lassen.

Also taumle ich weiter, blicke auf und stürze mich in die volle Straße. Überall wird geredet! Die Stimmung ist locker und fröhlich, die Leute umarmen sich, winken einander zu oder stehen mit der abendlichen Zigarette beisammen und lachen miteinander.

Immer, wenn mein Blick von der Straße nach oben wandert, sehe ich jedoch nicht die Menschen um mich herum. Sondern Einsamkeit. Sie kommt näher. Sie scheint sich um mich herum immer weiter auszubreiten. Zischend huscht sie zwischen der Meute hin und her, ist mir auf den Fersen, ist vor mir, neben mir und überall. Panik erfüllt mein Herz. Hoffnung wird kleiner und versteckt sich tief in mir. Er schreckt zurück, als mein Blick im Gesicht eines Fremden keine Freundlichkeit erblickt.

Ich senke wieder den Blick und erhöhe das Tempo, spüre wie Einsamkeit versucht, sich an mich zu heften, meine Schulter zu fassen zu kriegen, um mich zurück in die Finsternis meiner einsamen Wohnung zu zerren. Sie kreischt so laut auf, dass mir die Ohren schmerzen. Ruft nach mir und springt auf alle Gesichter der Leute um mich herum. Einsamkeit ist kurz davor, mich erneut vollends zu verschlingen. Ich drehe die Musik weiter auf, erreiche den Bahnhof und sprinte die Treppe nach oben. Immer zwei Stufen auf einmal, Hauptsache fort von ihr. Mein Atmen kommt stoßweise und ich spüre ein schmerzhaftes Brennen an meinem Rücken. Ihr Gewicht lastet schwer auf meinen Schultern, als ich verkrampft am oberen Treppenende stehen bleibe, um Luft zu holen. Es ist Hoffnung, der mich voran schubst. Angespornt von dem schon geleisteten Weg schüttle ich Einsamkeit ein weiteres Mal ab und laufe weiter. Gerade in dieser Minute fährt die S-Bahn am Bahnhof Friedrichstraße ein. Ohne nach links und rechts zu schauen, aber mit Einsamkeits eiskaltem Atem im Nacken führt mich Hoffnung weiter.

Ein fester Rumms, ein Weckruf, ein Schlag gegen die dunkle Mauer um mich herum, als mein Weg durch etwas Hartes gestoppt wird und ich nach hinten taumle.

»Na, hups!« Eine Hand greift schnell nach meiner, hält mich fest und lässt mich erst wieder los, als ich das Gleichgewicht wiederfinde. Ich blinzle und schaue in hellblaue Augen.

»'tschuldige, da bin ich doch glatt in dich reingelaufen«, sagt er aufrichtig und schmunzelt mich an.

»Mensch, entschuldige! Er hat manchmal einfach Gurken auf den Augen«, fügt die junge Frau mit den wippenden Locken direkt neben ihm hinzu, während sie ihm einen spielerischen Schlag gegen die Schulter verpasst. Hinter mir ertönt das Signal der Bahntüren. Sie schließen sich und kappen damit auch die letzte Verbindung zu Einsamkeit. Das Letzte, was ich von ihr wahrnehme, ist ein langes, wehleidiges und wütendes Kreischen, das mir in den Ohren klingelt. Dennoch ist mir sofort so, als könnte ich nun endlich atmen und die Welt hellt sich auf.

Hoffnung kommt vorsichtig aus seinem Versteck, setzt sich wieder neben mein Herz und atmet genauso tief ein und aus, wie ich es tue. Neben mir bückt sich eine dritte Person und hebt meinen alten Player auf, den sie mir freundlich lächelnd entgegenhält.

»Ich hoffe, er hat dir nicht wehgetan.«

Nacheinander schaue ich alle drei an. Alles wirkt heller unter dem künstlichen Licht der Berliner S-Bahn. Mein Player, der durch den Zusammenprall aus meiner Tasche gefallen ist, liegt in der Hand der rothaarigen Frau rechts von mir und ihre beiden Begleiter schauen mich freundlich an. Er reibt sich die Schulter nach dem Schlag seiner Freundin.

»Es tut mir wirklich leid, dass ich in dich hineingelaufen bin. Eigentlich wollten wir schnell noch aussteigen, aber das haben wir nun wohl verpasst.« Ohne, dass ein Wort über meine Lippen kommt, nehme ich den Player aus der dargebotenen Hand und schaue ihn mir an. Das winzige Display ist gesprungen und es flackert leicht, aber aus den Kopfhörern schallt nach wie vor die Musik. Hoffnung zwingt mich, hochzusehen. Dabei fällt der Blick des Mannes auf den Player.

»Oh, verdammt! Jetzt ist auch noch was kaputt gegangen«, murmelt er schuldbewusst. »Hey. Wie wäre es, wenn du mit uns wieder zurück zur Friedrichstraße fährst? Wir wollen in eine Bar gehen. Wir laden dich ein, als Entschädigung dafür, dass wir deinen Player kaputt gemacht haben?«

Verdutzt weiten sich meine Augen. Entspannt und mit positiver Haltung warten sie auf meine Antwort.

»Es wäre uns eine Freude. Zu viert ist alles gleich einen Ticken lustiger«, fügt er hinzu. Die Bahn fährt im nächsten Bahnhof ein. Das übliche Quietschen der Bahnschienen ertönt, die Ansage verklingt und die Tür hinter mir öffnet sich. Es scheint, als würden die letzten Körner durch eine große Sanduhr rieseln. Die drei Freunde setzen sich in Bewegung. Noch immer hat kein Wort meine Lippen verlassen. Zu verwundert über diesen kleinen Zufall in einer so großen Stadt. Innerhalb von Sekunden huscht mein Blick über ihre Gesichter, sucht die Lüge, sucht den Betrug. Aus dem Augenwinkel sehe ich einen Regentropfen auf der Scheibe der S-Bahn und denke wieder an meinen Großvater. Vielleicht bringt der Regen ja wirklich Veränderung. Veränderung und ... Hoffnung. Er versetzt mir einen kräftigen Schubser.

Mein Herz pocht wild.

»Also?«

»Ja«, hauche ich und Hoffnung, direkt neben meinem Herzen, schmunzelt vor sich hin.

E. Sawyer

Großstadtrauschen

Die ersten warmen Sonnenstrahlen fallen herab auf die Friedrich-straße. Ich stehe am belebten Bahnhof, schaue entlang der Gleise auf vorbeirauschende Züge. Stimmengewirr schwirrt um mich herum, junge Menschen starren auf kleine Leuchtbildschirme, sie wirken wie abgestöpselte Bewohner eines fremden Planeten. In solchen Momenten schreit alles nach Neustart: Tapetenwechsel, Umzug, Flucht.

Suche nach Sinnhaftigkeit, Ruhe und Erfüllung. Raus aus der Stadt, endlich weg vom kalten Beton. Plötzlich einsetzende Sehnsucht – wieder rein ins dichte Gedränge, tanzen im Club zum minimalen Elektrobeat. Geld verdienen, die eigene Arbeitskraft an den Höchstbietenden verkaufen. Freiheit spüren, aber nach Sicherheit sehnen. Sicherheit bekommen und Freiheit vermissen.

Grundsätzlich alles vermissen, was damals war, damals in der alten Heimat außerhalb der erdrückenden Häuserschluchten: Der Geruch von frisch gemähtem Gras, von herabgefallenen Regentropfen auf dem Waldboden, dort hinten am Seeufer. Mit besten Freunden draußen im Zelt übernachten, gemeinsam Boote bauen und Boote versenken, zusammen auf geplatzte Träume trinken. Jahrelang darauf zurückblicken und immer und immer wieder davon schwärmen.

Das Gefühl der ersten Kippe, vom ersten Alkoholrausch.

Die Zeit noch weiter zurückdrehen, Buden bauen und heimlich

Opas Obst- und Gemüsegarten plündern. Husten nach dem ersten Joint. Lachflash. Kekse aus dem Zeug backen und nervös auf die einsetzende Wirkung warten. Inmitten lauer Sommerabende den angenehmen Fahrtwind genießen, der einem entgegenschlägt, wenn es mit dem Boot hinaus auf den Kalksee geht. Fische fangen und direkt über dem Lagerfeuer zubereiten. Betrunken die Rotoren der Windräder beobachten. Mit Mopeds durch den Kalkstaub düsen. Die Wärme der ersten großen Liebe spüren und nie wieder vergessen können.

Die erste Nacht zu zweit und das Gefühl der ersten Kippe danach.

Irgendwann erwachsen werden und verstehen, dass die Welt zu komplex geworden ist. Die Kälte des einsetzenden Schmerzes spüren, diesen einen Tag im März verfluchen, diesen einen beschissenen Tag im März, als sie von uns gegangen ist.

Damit beginnen, sein eigenes Weltbild zu kreieren und die Kindheitserinnerungen eintauschen gegen ein neues Leben in einer fremden Stadt. An der Uni einschreiben und die Großstadt als etwas kennenlernen, das den Einzelnen inmitten der Menschenmassen isoliert. Irgendwo im Kiez neben dem Späti versacken, den Anschluss verpassen und begreifen, dass man selbst die Verantwortung dafür trägt. Dass sich die Sehnsucht nie wirklich ertränken lässt.

Immer wieder ausrutschen und hinfallen, aufstehen und weitergehen, bis die Türen schließen und der nächste Zug abfährt. Gefühle und Sehnsüchte, Erinnerungen, Hoffnungen und Träume, hinausgetragen über die Gleise, vereint im Großstadtrauschen.

S. M. Gruber

Flecken

»Okay, was noch?« Ich stehe im halbleeren WG-Zimmer und sehe mich um. Hier liegt ein Müllsack, dort ein Berg Klamotten neben einer großen Reisetasche, das Kameraequipment auf dem Schreibtisch und einige Dokumente verstreut auf der Ausziehcouch. Ein Schmunzeln stiehlt sich auf meine Lippen. *Ja, ich bin ein erwachsener Mann, der immer noch auf einer Ausziehcouch schläft, und ja, du solltest mich dafür verurteilen.* Wie lange war das jetzt her? Vier Wochen erst oder ein halbes Leben? Bill fährt sich über den rötlichen Zehntagebart, verschränkt die Arme, sieht sich um.

»Hm«, brummt er. »Kannst du mir noch hiermit helfen?« Er deutet vage auf den Klamottenhaufen und hält zwei Kleiderbügel hoch. »Mitnehmen oder hierlassen?«

Ich setze mich auf die Bettkante – Ausziehcouchkante – und mustere seine Auswahl aus der Ferne.

»Hierlassen«, sage ich und deute auf das ausgewaschene, beige T-Shirt, dann auf das dunkelblaue Hemd mit den Wassermelonen drauf. »Mitnehmen.«

Das Hemd landet in der Reisetasche, das T-Shirt neben einem großen Sack.

»Mitnehmen oder hierlassen?«, fragt er erneut und hält zwei weitere Kleiderbügel hoch.

»Definitiv mitnehmen«, sage ich und deute auf das dunkelrote Cordhemd in seiner Linken. Er hat es zu unserem ersten Date getragen, ich weiß noch genau, wie es sich unter meinen Fingern angefühlt hat, als ich seine Schulter berührte. Weich und kratzig war es, wie Herbst. Oder wie das schummrige Licht in der Bar, in deren Hinterzimmer wir mit seinen Freunden Bier tranken und rauchten. Achtlos wirft er es in die Tasche und das hässliche, weiße Hemd hinterdrein, noch bevor ich protestieren kann.

»Manchmal müssen wir am Set ja Hemden tragen«, erklärt er, obwohl ich gar nichts gesagt habe. »Die sind nicht so schön, aber robust.«

Wir packen weiter ein, bis die Nähte der Tasche fast platzen. Stolz erklärt er mir seine Ausrüstung für die Arbeit: Hiermit hängt er sich ans Gerüst, damit sichert er das Equipment, die Handschuhe braucht er, um an den Kabeln zu ziehen, und um ehrlich zu sein, interessiert es mich überhaupt nicht. Langweilig ist das und außerdem bin ich müde, ich will mich endlich neben ihn auf die Couch kuscheln, auch wenn sie noch so hart ist, und sein Gesicht in meinen Händen halten, es ansehen, damit es sich einbrennt in mich, damit ich ihn nicht vergesse, die nächsten Monate. Stattdessen geht er in den Keller, um sein Zeug zu verstauen und ich schnappe mir einen Lappen, um mich nützlich zu machen.

Es ist drei Uhr morgens und ich versuche vergeblich, einen Fleck von einem Regalbrett zu schrubben, das nicht mir gehört. Ich könnte in die Küche gehen und mir mehr Putzzeug holen, aber das scheint mir dann doch übertrieben, es ist ja gar nicht meine Aufgabe, diese Bretter zu wischen. Aber was sonst meine Aufgabe ist, meine Position, meine Rolle in diesem ganzen Theater, weiß ich auch nicht. Ich rubble stärker über den Fleck, bis mir die Finger wehtun und meine Zähne, weil ich sie so fest aufeinanderpresse. Verzweiflung steigt in mir hoch und Erschöpfung und ein Hauch Einsamkeit.

Ich halte inne. Trete einen Schritt zurück. Betrachte das leere Regal. Beschließe, dass es sauber genug ist.

Ich wische über den Tisch und das andere Regal, in dessen Mitte noch ein Brett voller Bücher bleibt. Ich streiche mit der freien Hand über die Buchrücken. Murakamis *1Q84* steht da, die komplette Trilogie. *Manchmal lese ich auch Fantasy. Murakami zum Beispiel, den mag ich sehr gerne.* Drei Deutsch-Bücher: eine Vokabelsammlung, zwei Grammatiken. *The 101 Habits of Highly Successful Screenwriters,* eine Jimi Hendrix Biographie, *Bausteine zu einer Philosophie der Kunst* – auf Deutsch sogar – und einige englischsprachige Klassiker. Auf dem Regalbrett darunter liegen die vier Bücher, die er auf seine Reise mitnimmt: Alain de Bottons *Essays in love* und drei von mir, die ich ihm geborgt habe, damit er sein Deutsch nicht verlernt.

Ich wische über das Fensterbrett, wo hinter dem Vorhang noch zwei Gläser stehen. Überreste von der Silvesterparty. Auf dem Inhalt des Rechten wächst ein kleiner, türkiser Schimmelkreis. *Ich weiß, dass sechs Monate lang sind, aber versprich mir, dass wir Freunde bleiben, Bill. Egal, was passiert oder ... wer. Okay?*

Ich bringe die Gläser in die Küche, wo niemand mehr ist, und überhaupt ist es hier sehr still geworden in den letzten zwei Stunden. Zurück in Bills Zimmer wische ich noch den Schreibtisch, die Platten, den Plattenspieler.

Ein letztes Mal will ich versuchen, diesen teuflischen Fleck zu entfernen, als ich höre, wie jemand die Eingangstür öffnet, schließt, ein dumpfer Stoß, ein halb unterdrückter Fluch. Schließlich öffnet Bill die Tür zu seinem Zimmer, stolpert herein, lässt die Jacke auf den Boden fallen. Auf einmal steht er dicht hinter mir, schlingt die Arme um mich und nimmt mir den Lappen aus der Hand.

»Hey«, flüstert er. Ich lehne mich zurück in seine Umarmung und nicke, meine Wange dicht an seiner. »Du musst das echt nicht machen. Lass uns ins Bett gehen. Du bleibst doch noch hier? Bitte?« Er zieht mich zur Ausziehcouch und ich meine Klamotten aus. Bill auch. Unter der Bettdecke schmiege ich mich an seinen schlaksigen Körper, wir haben noch etwa zwei Stunden, bis er losmuss.

Wir liegen nebeneinander, ineinander verschlungen, hören und spüren uns atmen. Wie gerne würde ich einfach hierbleiben und ausschlafen. Stattdessen stehe ich wieder mit ihm auf, ziehe mich an, folge ihm durch die Nacht zu seiner Station und frage mich, wann ich das nächste Mal wieder hier aussteigen werde. Oder einsteigen. Wann ich das nächste Mal völlig übermüdet von hier aus zur Arbeit fahren werde, wieder in denselben Klamotten wie am Tag davor. Wenn überhaupt.

In der Bahn stehen wir uns gegenüber, nicht, weil keine Sitze frei wären um diese Uhrzeit. Außer einem Obdachlosen, einem knutschenden Techno-Pärchen und einer Frau, die aussieht, als würde sie zur Arbeit fahren, sind wir allein. Beide wissen wir nicht, wohin mit uns, also bleiben wir stehen. Vielleicht sollten wir uns etwas sagen, doch wir reden bloß. Über seinen Bruder, den ich gestern zum ersten Mal spielen gehört habe. Über meine Pläne für die nächsten Monate. Über seine Ängste und Sorgen, zurückzugehen, ob er dazugehören wird, wie es mit dem Rest seiner Familie sein wird, die schon immer schwierig war, ob er Berlin sehr vermissen wird.

Berlin vermissen ... *Selbst wenn ich hierbleiben würde, für eine Beziehung bin ich noch lange nicht bereit.* Ich ja auch nicht, denke ich, und scheiß drauf, ich sag das jetzt.

»Ich werde dich schon ziemlich vermissen, weißt du.«

»Ja?«, fragt er grinsend. Ich nicke und grinse zurück, bekomme einen langen Kuss. Sanft streicht er über meine Hüfte, meine Taille, Wange, legt seine Stirn an meine.

»Was genau wirst du vermissen?«, flüstert er. Mir fällt nichts ein, ich kann nicht mehr denken, alle Worte weg, nur dieses Gesicht, das meine Gedanken ausfüllt. Freundliche, grüne Augen, mit den ersten Lachfältchen drumherum, strubbeliges Haar, das in die Stirn fällt, und dann sind da noch ...

»Die Sommersprossen auf deinen Schultern«, sage ich. Die Sommersprossen auf deinen Schultern, deiner Stirn und deiner Nase, wo sie so hübsch tanzen, wenn du deine Grimassen schneidest, sage ich nicht. Und auch nicht: Die kleinen Krater unter dem Bart, an deinem Hals, Nacken, bis hinunter zum Schulterblattansatz, diese Narben, die von anderen Zeiten erzählen.

»Ich werde die ganzen Partys vermissen, auf die du mich mitnimmst, und deine Freunde auch«, sage ich. Wie wir die ersten Stunden lang immer so tun, als wäre nichts zwischen uns und wie dann die erste Berührung an einem solchen Abend immer die beste ist. Der erste flüchtige Kuss, wenn keiner hinsieht, und wie du unter dem Tisch nach meiner Hand greifst. Wie du später einfach einen Arm um mich legst und mich an dich ziehst, wenn alle hinsehen. Das alles sage ich nicht.

»Dass du immer jede einzelne Person korrigierst, die meinen Namen *Jo*sephine ausspricht, statt Jose*phi*ne«, sage ich. Dass es dir so viel mehr bedeutet als mir selbst, ob die meinen Namen richtig betonen, und vor allem wie es klingt, wenn du ihn so aussprichst, meinen Namen, so fremd und vertraut zugleich, sage ich nicht.

»Ich werde dich auch vermissen«, sagt er und dabei war ich doch noch gar nicht fertig. »Wie du deine Sätze am Ende oft offen lässt, als würdest du noch etwas sagen wollen.«

Ich nicke. So offensichtlich wie gerade mache ich das sonst nicht. Oder? Hört er immer, was ich alles nicht sage?

»Und deine Küsse, wie du schmeckst und dich anfühlst und die Geräusche, die du machst, wenn du schläfst. Dass du über meine wirklich fürchterlichen Witze lachst. Dein Lächeln, das zugleich *cute* und unverschämt ist«, sagt er und ich spüre, wie das etwas in meinem Bauch zündet, das auf meinem Gesicht explodiert.

»Da!«, ruft er und der Hund des Obdachlosen stellt die Ohren auf. Bill lacht leise. »Du tust es schon wieder.« Sein Bart kitzelt an meiner Oberlippe, als er meine Mundwinkel küsst.

»Unsere Gespräche«, sage ich. Und nicht: Wie du mir so viele Dinge über dich erzählst, Schicht um Schicht ablegst und mir aufmachst, noch bevor ich überhaupt anklopfe. Wie du mir am aufmerksamsten zuhörst, wenn ich über Menschen spreche, die dir nahestehen. Und die Art, wie du mich dann so anders umarmst als sonst, fester, wie ein Rettungsseil, von dem man nicht weiß, wer eigentlich welches Ende hält.

»Deine Küsse werde ich auch vermissen, an jeder Stelle meines Körpers«, sage ich. Die Art, wie deine Küsse perfekt zu meinen passen, wie hinter deinen schmalen Lippen ein weicher Mund steckt, der es schafft, die schönsten Komplimente zu machen. Wie ich nach einer Nacht mit dir meine Blutergüsse durchzähle, alle blauen Flecken und Bisse katalogisiere: Nummer eins auf meiner Hüfte, zwei an meinem Hals, drei auf meinen Armen. Wie ich sie abtaste, darauf herumdrücke, sie kneife und zwicke, nur um zu sehen, ob ich etwas fühlen kann.

»Wie du –«

»Ich glaube, wir müssen bei der nächsten raus«, unterbricht er mich und wirft einen Blick auf die grüne Anzeige in der S-Bahn. S25 Richtung Teltow Stadt, Friedrichstraße.

»Wie du mir eine Frage stellst und mich dann unterbrichst, später zu deiner Frage zurückkommst – und mich wieder unterbrichst«, erkläre ich und hebe eine Augenbraue. Er schmunzelt.

»Dass du mir ehrlich ins Gesicht sagst, wenn ich mich wie ein Trottel verhalte«, sagt er und nimmt meine Hand. Da hält die Bahn mit einem Ruck und wir lassen uns von ihr hinaus in die kalte Nacht spucken.

Wir stehen ganz am Ende des Bahnsteigs, von draußen zieht ein eisiger Wind herein. Mit verschränkten Armen stehe ich da und schlucke schwer, weiß nicht, ob ich mich für ihn freuen soll oder traurig sein darf.

»Deine Bahn kommt gleich«, sage ich. Er presst die Lippen aufeinander, runzelt die Stirn und ich kann nicht anders, als sein Gesicht zwischen meine Hände zu nehmen. Auch wenn sie kalt sind, auch wenn wir uns vielleicht nie wiedersehen, auch wenn er jetzt gleich verschwindet, bekommt er diesen Kuss, damit er vielleicht alles hört, was ich nicht sagen konnte. Am Ende löst er seine Lippen von meinen und sonst bewegt er sich nicht.

»Josephine«, sagt er, sein Gesicht immer noch an meinem, und ich sage nichts.

Dann sage ich doch etwas: »Pass auf dich auf.«

»Du auch.«

»Immer«, antworte ich, er gibt mir noch einen Kuss auf die Wange und dann ist er auch schon weg. Für meine U-Bahn muss ich in die andere Richtung. Ich hole mein Handy hervor und für einen Herzschlag bin ich versucht, ihm zu schreiben. Irgendetwas Großes. Stattdessen öffne ich *Tinder*, lade meinen Newsfeed und werde mir gleich wünschen, dass ich es nicht getan hätte.

Bill hat sein Profil aktualisiert, steht da und ich frage mich, ob seine Flecken schon alle weg sind, oder ob das seine Art ist, zu putzen.

Julia Alina Kessel

Vorvorletzter Wille

Er sitzt direkt vor ihr. Wenn sie den Arm ausstreckt, berührt sie seinen Hinterkopf, die dichten Haare, an die ihre Finger sich zu sehr gewöhnt haben. Er telefoniert, seine Stimme vibriert zu ihr, krabbelt das Fenster entlang und hüllt sie ein. Entdeckt hat er sie nicht. Sie hat sich nicht zu erkennen gegeben, sie fürchtet sich davor.

Den Bus nimmt sie sonst nie, nur heute musste sie ausweichen, weil die Straßenbahn von einem technischen Defekt außer Gefecht gesetzt worden ist. An Schicksal glaubt sie nicht mehr, hat dies längst aufgegeben. Verantwortung trägt jeder selbst, auch wenn es schmerzt. Es wäre einfacher, darauf zu hoffen. Einfachheit wird sie nie wieder wählen.

Ich will nicht, dass du mich sterben siehst, hat er gesagt. Jetzt sitzt er hier, lebendig, atmend.

Ich will dich nicht allein lassen, hat sie gesagt, und genau das schließlich doch getan.

Er telefoniert und lacht zwischendurch. Ein Lachen, das sie noch immer hört in den Nächten, die in den Himmel wachsen, und an den Tagen, die nicht mehr dieselben sind.

Fünf Jahre sind verstrichen. Fünf Jahre, die sie gespürt hat bei jedem Schritt. Sie ist kein romantischer Mensch, glaubt nicht an die gewaltigen Sätze in Büchern oder Filmen, die das Leben beschreiben wollen. Trotzdem weiß auch sie jetzt, dass es Momente gibt, Entscheidungen, die irreversibel sind, unverrückbar, alles verändernd. Sie ist nicht mehr dieselbe seitdem, und als sie ihr altes Ich hätte zurückerobern können, hat sie die Chance verstreichen lassen und ist seiner Aufforderung nachgekommen.

Seine Würde hat sie ihm bewahrt, im Austausch für ihre eigene.

Du sollst nicht sehen, dass sie stärker ist als ich. Unbesiegbar möchte ich vor deinen Augen bleiben.

Heute ärgern sie diese Sätze und ihr mangelnder Protest, aber damals fehlten ihr Alternativen. Mit einem Kranken hat man immer Nachsicht.

Am liebsten würde sie ihm auf die Schulter tippen, daran rütteln, bis er sich umdreht, sie anschreit und sie von ihrer Wut auf sich selbst befreit, indem er der Zornige ist. Wir alle sterben, denkt sie sich, von Geburt an. Wir alle sehen anderen jeden Tag beim Sterben zu. Weshalb ist ihr das damals nicht eingefallen?

Sein Haar ist nachgewachsen, steht so dicht wie bei ihrem Kennenlernen. Freuen sollte sie sich und schämt sich dafür, dass sie es nicht kann. Er lebt. Er lebt noch immer.

Sie hat ihn erst erkannt, als sie schon saß, festgefroren vor Schreck. Das Leben besitzt die Angewohnheit, im Moment der größten Entspannung zuzuschlagen. Jetzt, wo ihre Tage sich aus Gewirr und Unordnung herausgeschält, endlich eine Ordnung eingenommen haben, wirbelt es alles wieder durcheinander, als habe es nur auf einen Augenblick ihrer naiven Unachtsamkeit gewartet.

Er spricht über eine Frau. Eine Frau, die sie nicht kennt.

Über sie sollte er sprechen. Sie kann den Gedanken nicht verdrängen und fühlt sich egoistisch dabei. Was wünscht sie sich denn eigentlich, seinen Tod?

Sie starrt seinen Nacken an, die Muskeln spannen sich beim Sprechen unter der Haut, und weiß plötzlich, dass es seine Vergebung ist. Kann man jemandem verzeihen für eine erfüllte Bitte? Sie hat getan, was er von ihr verlangt hat. Diese Schuld bezahlt sie noch immer.

Ob sie ihn ansprechen soll, grübelt sie. Aber er ist in sein Telefonat vertieft. Sie überlegt, ihn zu unterbrechen, und stellt sich das Gespräch vor.

Was für ein Zufall!

Du auch hier?

Wie geht's?

Gut. Dir?

Ich habe meinen Master bestanden.

Gratulation.

Was macht dein Tumor?

Wir haben Schluss gemacht. Er lebt jetzt in einem Reagenzglas.

Quadratmeterpreis?

Unbezahlbar.

Typisch Berlin.

Du hast mir gefehlt.

Du mir auch.

Ich heirate bald.

Gratulation.

Danke.

Ja, dann.

Ja.

Mach's gut.

Mach's besser.

Sie hatten sich noch nicht lange gekannt. Neu war sie in der Stadt gewesen, Freunden von ihm nur flüchtig begegnet. Seine Eltern wohnten in Potsdam, als er sie ihnen als seine Freundin vorgestellt hatte. Es war ernst zwischen ihnen gewesen, so ernst, wie es werden kann. Zeit ist kein Maßstab für Nähe.

Einmal ist sie in die S1 gestiegen, schon auf dem Weg gewesen. Mit klopfendem Herzen einem Haus entgegengefahren, von dem sie nicht wusste, ob sie darin willkommen war. Bis zur Sundgauer Straße hat sie es geschafft, dann ihrer Angst nachgegeben. Aus ihrer Seele hat sie ihn geschnitten, auf seinen Wunsch hin, sich seinem letzten Willen gebeugt, der nun doch der vorletzte ist oder der vorvorletzte.

Er hat sich von allem abgemeldet, sozialen Netzwerken, der Universität, dem Sportverein. Auch wenn sie nie einen Beweis dafür gehabt hat, für sie ist er gestorben. In einer Millionenstadt wie dieser geht das, tot zu sein für jemanden, ohne tot zu sein.

Sie spürt seine Lebensfreude. Auch die erscheint gewachsen. Er hat eine Freundin. Er lebt. Und sie weiß plötzlich, dass es solch eine Liebe gibt, über die sie gelesen hat; eine, die nichts will, sondern nur zu sehen lernt, ohne zu besitzen.

Er atmet, zum Greifen nah, vor ihr. Unbesiegbar.

Friedrichstraße. Der Bus verringert sein Fahrtempo. Sie gibt ihrem Sitznachbarn ein Zeichen, ihre Stimme bleibt stumm. Der alte Mann lächelt und lässt sie durchrutschen. Dann geht sie den Gang entlang zur hinteren Tür. Sie will nicht, dass er sie sieht, möchte keine alten Dämonen wecken.

Auf der Straße hört sie das Brummen des Motors hinter ihrem Rücken, als der Bus seine Fahrt fortsetzt. Der schneidende Wind fängt sie ein, peitscht ihr durch die Haare, treibt ihr Tränen in die Augen. Sie hat das Berliner Wetter nie gemocht, doch ist ihm auf einmal dankbar. Fünf Jahre nimmt es von ihren Schultern und trägt diese mit sich davon, die Straße entlang. Fünf Jahre. Er lebt.

Von Herzen danken wir ...

Ein gutes Buch erfordert immer ein gutes Team. Deshalb möchten wir all denen einen besonderen Dank aussprechen, die dieses Projekt erst möglich gemacht haben. Zuallererst danken wir deshalb all den Autor*innen, die uns ihre Geschichten geschickt haben. Auch wenn nicht alle Texte aufgenommen werden konnten, haben wir uns über jede Einsendung gefreut und fühlen uns geehrt, dass Ihr Eure Worte in unsere Hände gelegt habt.

Ein besonderer Dank geht an M. D. Grand und Sophie Möller, die nicht nur selbst großartige Autorinnen sind, sondern auch das Korrektorat für diese Anthologie übernommen haben.

Dann ist da noch Mary Cronos, die das #BerlinAuthors-Netzwerk seit seinen Gründungstagen begleitet und dieser Anthologie ihr wunderschönes Äußeres geschenkt hat.

Ebenfalls nicht fehlen darf Karl-Heinz Zimmer. Er hat uns in die Geheimnisse des Buchsatzes eingeführt und mit Rat und Tat zur Seite gestanden, sodass das Innere dem Äußeren ebenbürtig ist.

Auch der BUCHBERLIN, einem wichtigen jährlichen Treffpunkt der unabhängigen Literaturszene, schulden wir ein großes Dankeschön für ihre Unterstützung beim Sichtbarmachen dieses Projekts.

Nicht zuletzt geht unser Dank natürlich an Euch, liebe Leser*innen. Was ist schließlich ein Buch, ganz besonders eines über Gefühle, ohne Euch, die bei den Geschichten lachen, weinen und mitfiebern? Wenn Ihr dieses und weitere Projekte unterstützen möchtet, freuen wir uns über Rückmeldungen von Euch.

Danke, dass Ihr uns auf dieser Reise begleitet habt.

Wer sind die #BerlinAuthors?

Anfangs waren wir vier Frauen, die eines kalten Januarabends eine Idee hatten: Eine Anthologie herausbringen, die die ganze Bandbreite der Großstadtgefühle einfängt. Aus Ideen wurden Pläne, aus Plänen feste Termine und plötzlich waren sie da: die #BerlinAuthors.

Ein Netzwerk, das Autor*innen aller Genres, Richtungen und Fähigkeiten zusammenbringt, egal ob veröffentlicht oder unveröffentlicht. Ein Netzwerk, in dem wir uns gegenseitig unterstützen, uns Tipps geben und Publikationen organisieren. Berlins Literaturszene ist lebendig und spannend und wild und das hier ist unser Beitrag dazu. Als Autor*innen, mit Autor*innen, für Autor*innen. Website: www.berlinauthors.de

Wen unterstützen wir?

Der Mehrwertvoll e.V. ist eine gemeinnützige Organisation, die seit 2015 Öffentlichkeits- und Netzwerkarbeit für wertvolle soziale Projekte macht, die einen wirklichen Mehrwert für die Menschen schaffen. Wir verbinden Menschen und Gruppen gezielt untereinander, damit sie Wissen und Erfahrungen austauschen, voneinander lernen, sich gegenseitig unterstützen und gemeinsam wachsen können. Gutes braucht seine Zeit, aber miteinander geht es sehr viel schneller. Website: www.mehrwertvoll.de

Die Autorinnen

Claire Fischer, Jahrgang 1997, ist in München geboren, in Hamburg herangereift und irrt mittlerweile durch die Straßen Berlins. Dank ihres Studiums der Gesellschafts- und Wirtschaftskommunikation an der Universität der Künste hat sie einen neuen Blick auf ihr Umfeld gewonnen und schreibt seitdem über alles, was sie beeindruckt, beeinflusst und begleitet. Besonders die neuen Medien und Möglichkeiten des Teilens sind Teil ihrer Distribution, kurze Poesie-Fetzen landen dabei auf ihrem Instagram-Account.

Die Macht der gedruckten Seite wird dieser Kanal jedoch nie ersetzen können.

Instagram: @Wortwanderung

Lucinda Flynn, geboren 1998 in Niedersachsen. Geschichtenerzählerin, Weltenweberin, Erschafferin von Figuren, die zu Menschen werden – zu alledem macht sie das Schreiben, seit sie zehn Jahre alt ist. Der Wunsch, Autorin zu werden, begann mit einem großen Traum vom eigenen Buch und schlägt sich heute in unzähligen Stunden voller Worte nieder, in denen über Jahre Geschichten entstanden sind. Heute lebt sie in Berlin.

Twitter: @Lucinda_Flynn

Barbara Gase, Wahlberlinerin seit zwanzig Jahren, von Beruf Ausstellungsmacherin und Archivarin, beschäftigt sich seit langem mit Malerei und Fotografie und seit circa vier Jahren mit dem Schreiben von Kurzgeschichten und Kurzprosa (letzte Veröffentlichungen: *Zerrissenes Buch,* 4. Platz des Bubenreuther Literaturwettbewerbs

2018; *In einer fremden Stadt – in einem fremden Leben* im Online-magazin eXperimenta 10/2019). Außerdem mag sie ihre Freunde und Freundinnen, den Duft des Meeres, die Blaue Stunde in Berlin, ihre Wohnung in Kreuzberg, ihr Lieblingscafé und Eisbären.

Website: https://showroombarbaraberlin.jimdofree.com/

S. M. Gruber, 1992 in Graz geboren, lebt seit 2015 in Berlin. Im

Anschluss an ihr Germanistikstudium verschlug es sie in den Marke-tingbereich. Doch Geschichten lassen sich nicht so einfach aus dem Kopf vertreiben, sie wollen geschrieben werden. Ihre Freizeit widmet sie daher ihren eigenen Romanen, Gedichten und Kurzgeschichten – und dem Entdecken der Großstadt natürlich, denn wer schreiben will, muss schließlich auch etwas erleben.

Auf *buecherphie.com* finden sich zudem einige Essays sowie Informationen zu bisherigen Veröffentlichungen.

Twitter: @buecherphie
Instagram: @buecherphie

Nadja Kasolowsky wurde 1999 in Ostfriesland geboren und

entschied sich nach dem Abitur für einen radikalen Umgebungswech-sel: Sie zog nach Berlin, wo sie Anthropologie und Politik studiert. Wenn sie nicht gerade tanzt oder in Büchern versinkt, arbeitet sie an einem Young Adult-Fantasy-Projekt oder tut zumindest so.

Instagram: @_zwischenwelttänzerin

Julia Alina Kessel wurde 1990 in München geboren und

wuchs in Schleswig-Holstein und Nürnberg auf. Nach dem Abi-tur studierte sie Theaterwissenschaft, Filmwissenschaft, Deutsche Literatur und Philosophie. Sie veröffentlichte in Anthologien, ist Ab-solventin der UFA Serienschule und arbeitet als Lektorin in Berlin.

Daniel Klaus, geboren 1972 in Wiesbaden. Lebt als Schriftsteller in Berlin. Walter-Serner-Preisträger, Literaturförderpreis Ruhrgebiet, Alfred-Döblin-Stipendium. Kolumnen für die taz, derFreitag und die Stuttgarter Zeitung. Zahlreiche Veröffentlichungen in Literaturzeitschriften, Anthologien und im Radio, u. a. in: Am Erker, Das Magazin, Lichtungen, mosaik, Podium, Erostepost, Konzepte, macondo, im Knaur-Verlag, im konkursbuch-Verlag, auf 1LIVE, BR2 und SWR2.

Website: www.danielklaus.com

Liv Modes wurde 1997 geboren. 2015 konvertierte sie vom Land- zum Hauptstadtleben, den Kopf voll Ideen und Geschichten.

Neben mehreren Kurzgeschichten erschien 2016 ihr Debütroman *ANXO: Zwischen den Sphären* im Eisermann Verlag, 2018 folgt die Romance-Novelle *Auf der anderen Seite der Sterne* im Selfpublishing. Ihre Brötchen verdient sie im Sozialversicherungsbereich, daneben studiert sie Social Media Management und frönt ihrer Leidenschaft für Ballettaufführungen, Konzerte und Musicals.

Twitter: @livmodesautorin
Instagram: @livmodesautorin

Enrico Möglich zog 1996 nach Berlin. Er wohnte, studierte und arbeitete viele Jahre in Prenzlberg, Mitte und Friedrichshain. Heute lebt er mit seiner Frau und den vier gemeinsamen Kindern in Potsdam und arbeitet als niedergelassener Psychologe und Psychotherapeut. Während seiner Berliner Zeit begann er, Erzählungen und Gedichte für Kinder und Erwachsene zu schreiben. Dabei lässt er sich vor allem von persönlichen Erfahrungen inspirieren. 2018 wurde seine Geschichte *Auf der Suche nach der Dunkelheit* als Puppentheater vom Theater Malinka uraufgeführt und wird seitdem regelmäßig in Berliner Kleinkunststätten gespielt.

Natalie Palloks wurde 1994 in Norddeutschland geboren. Das Studium zog sie an den Rand Berlins. Schon früh träumte sie von eigenen Welten und selbsterschaffenen Figuren. Aktuell schreibt sie an ihrem Debüt – einen in Ostfriesland spielenden Horror-Roman. Wenn sie nicht in den dichten Nebel einsamer Moorlandschaften eintaucht, arbeitet sie an einer düsteren Dystopie oder liest Kriminalromane.

Twitter: @Lynn_Writes_
Instagram: @Lynn_Writes_

Jen Pauli, Jahrgang 1996, lebt und liebt Berlin seit ihrer Geburt. Ihren Weg in die schreibende Zunft fand sie über RPGs und kommt seitdem nicht mehr davon los.

Neben dem Schreiben und ihrer Tätigkeit als Erzieherin ist sie ehrenamtlich als Pressesprecherin des Gedankenreich Verlags aktiv und betreibt den Buchblog *jenlovetoread.de*. Ihr Markenzeichen ist eine Schleife in den Haaren.

Twitter: @jenlovetoread
Instagram: @jenlovetoread

Roland Ruether studierte Publizistik- und Kommunikationswissenschaften sowie Filmwissenschaften an der Freien Universität Berlin und ist gelernter Aufnahmeleiter, Film-Cutter und Drehbuchautor. Als freier Autor schreibt er Geschichten über Figuren aus seiner Heimatstadt Berlin, die in verschiedenen Verlagen erschienen sind. 2019 war er mit *Hellabrunner Mischung* für den Karo-Krimi-Preis nominiert.

E. Sawyer ist das Pseudonym eines deutschen Sachbuchautors, 1990 geboren, unter dem er belletristische Texte veröffentlicht.

Er wuchs zunächst im Berliner Umland auf, dessen Natur- und Seenlandschaften ihn stark prägten. Nach einer Laborausbildung zog es ihn in die Hauptstadt, wo er neben dem naturwissenschaftlichen Studium seine Leidenschaft zum Schreiben wiederentdeckte. Seitdem sind zahlreiche Bücher unterschiedlichster Genres entstanden. Zur Zeit widmet er sich überwiegend der modernen Spannungsliteratur.

Katharina Stein wuchs in einem Haushalt voller Bücher auf und ist bis heute nicht vom geschriebenen Wort losgekommen. Seit 2013 ist sie mit Leib und Seele Berlinerin und erkundet seitdem, was die Hauptstadt kulturell zu bieten hat. Sie schreibt vor allem kürzere Texte – Kurzgeschichten, Lyrik und alles, was irgendwo dazwischen liegt. Neben dem Studium arbeitet sie derzeit an ihrer Debütveröffentlichung.

Twitter: @Lorem_Ipsa
Instagram: @lorem.ipsa

Nicolas Stille wurde 1987 in Hamburg geboren und studierte Kulturwissenschaften an der Leuphana Universität Lüneburg. Nachdem er in Kinos, Buchhandlungen und Museen, im Theater, auf Festivals, in einem Verlag und einem Musikvertrieb gearbeitet hat, ist Nicolas Stille seit 2017 als freier Autor und Drehbuchautor tätig. Er lebt und arbeitet in Hamburg und Berlin.

Christin Tewes wurde 1985 in Berlin geboren und verliebte sich zu Schulzeiten in die japanische Sprache. Sie studierte in Bonn Regionalwissenschaft Japan, arbeitet heute als Lektorin in einem Berliner Manga-Verlag und ist immer auf der Suche nach Japanfeeling in Deutschland. Ihre Reisen inspirierten sie 2009 zu ihrem Debüt

Big in Japan, einem autobiografischen Reisebericht, 2018 folgte mit *An seiner Saite* ihr erster Roman im Selfpublishing, in dem die Protagonistin ihre Liebe zu einem japanischen Cellisten entdeckt. Seit 2019 arbeitet sie an ihrem dritten Werk, das die Leser wieder ins Land der Kirschblüten entführen wird.

Twitter: @christintewes
Instagram: @christintewes
Website: www.christintewes.de

Chris Verfuß, 1997 im Rheinland geboren, studiert Deutsche Philologie und Geschichte in Berlin. Als Teil des selbst gegründeten Schreibkollektivs diepiloten veröffentlicht er jede Woche literarische Beiträge / Gedichte und arbeitet nebenbei an seinem ersten Roman.

Instagram: @diepiloten

Mika Weld zog es 2008 zum Studieren in die Hauptstadt. Die Vorlesungen mochten vergehen, Berlin aber blieb und das Schreiben gesellte sich hinzu. Seither hat es sich seinen Platz bewährt. Erste Schritte ins Selfpublishing wurden gewagt, der eigene Roman ist das große Ziel.

Instagram: @mika_weld

Triggerwarnungen

Dieses Buch enthält fiktive Schilderungen von Erlebnissen, die ggfs. Auslösereiz bei Betroffenen sein können.

Folgende Liste wurde gewissenhaft erstellt, doch kann keine Garantie für ihre Vollständigkeit übernommen werden:

Liv Modes: Mädchen in gelben Kleidern	Toxische Beziehung
Enrico Möglich: Zeitlos	Depression
Barbara Gase: Die Followerin	Stalking
Nadja Kasolowsky: Dreieinhalb Millionen	Tod einer nahestehenden Person
Claire Fischer: BRLN	Toxische Beziehung
Lucinda Flynn: Jamie	Psychische Krankheit (Angststörung, Zwangsstörung)
Roland Ruether: WBS 70	Gewaltsamer Tod
Jen Pauli: Regentropfen	Depression Mobbing
Julia Alina Kessel: Vorvorletzter Wille	Physische Krankheit (Tumor)

Die Geschichten zeigen auf der ersten Seite den Hinweis:

(TW)